Nert

L'Aventurier,

OU

Les Amis d'aujourd'hui,

Comédie en trois actes.

L'AVENTURIER,

OU

LES AMIS D'AUJOURD'HUI,

COMÉDIE EN TROIS ACTES,

PAR M. A***** G*** (DE LA CHARENTE-INFÉRIEURE).

BORDEAUX.
IMPRIMERIE DE P. COUDERT,
RUE SAINT-REMY, N.° 41.

1828.

PERSONNAGES.

LEMBERTIN, riche propriétaire.

AMANT, son fils, maréchal-des-logis.

TILCY, sa fille.

AMINTHE, maréchal-des-logis, ami d'Amant et prétendu de Tilcy.

GRIMAUDIN, aventurier.

JENNY, suivante de Tilcy.

GROS-PIERRE, vieux serviteur.

UN DOMESTIQUE ÉTRANGER.

La scène se passe chez Monsieur Lembertin, à la campagne, près Bordeaux.

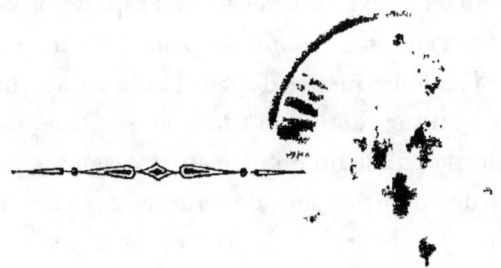

La présente pièce, commencée le 7 Juin 1828, par l'auteur, âgé de 17 ans, a été terminée le 11 Juillet.

L'AVENTURIER,

COMÉDIE EN TROIS ACTES.

ACTE PREMIER.

SCÈNE PREMIÈRE.

LEMBERTIN, *seul, à la porte, à droite, faisant signe des mains.*

Ma parole d'honneur! tu l'auras, mon ami; je te la promets; compte sur moi. *(Seul.)* Ce pauvre jeune homme, il aime ma fille; elle l'aime aussi : je veux les rendre heureux; je veux les unir, et cela le plus tôt possible. Depuis six ans qu'ils s'aiment, comme ils doivent trouver le temps long! J'en juge par moi, qui n'ai fait la cour à ma pauvre femme que deux mois, et il me semblait qu'il y avait deux ans lorsque je l'épousai. *(Réfléchissant.)* Ce n'est pas tout; il faut que j'aille me mettre d'accord avec ses parens, lesquels, j'en suis bien sûr, donneront leur consentement; savoir ce qu'ils se proposent de lui donner en mariage : je pense que ce sera peu de chose; ce sont de pauvres gens qui ont tout au plus quatre mille francs de rente, avec sept ou huit enfans. C'est égal : ils pourront vivre aisément avec la dot que je veux leur faire; ils n'ont pas besoin de millions pour être heureux; au contraire, il n'y a rien de nuisible pour les jeunes gens comme la fortune; cela les empêche de travailler, de songer à l'avenir, et c'est ce qu'il ne faut pas : d'ailleurs, il est bon qu'ils sachent la peine qu'il y a à ramasser honnêtement, c'est-à-dire par le travail, l'industrie, et à la sueur de son front. Il y a bien peu de fortunes acquises comme cela; la plupart viennent de rapineries faites aux uns et aux autres.... Qui vient? J'entends du bruit. Écoutons.

SCÈNE II.

LEMBERTIN, GROS-PIERRE.

GROS-PIERRE, *le chapeau à la main.*

Monsieur, un homme, qui a l'air un peu original, demande à vous parler.

LEMBERTIN.

Tu ne le connais pas?

GROS-PIERRE.

Non, Monsieur; il m'a dit qu'il vous connaissait particulièrement.

LEMBERTIN.

(A part.) Qui diable peut-ce être? *(Haut.)* Ce n'est pas le père de M. Aminthe?

GROS-PIERRE.

Ho! non, Monsieur. Je le connais, le père de M. Aminthe : c'est un grand, maigre, sec. D'ailleurs, cet homme m'a dit qu'il y avait quinze ou vingt ans qu'il ne vous avait vu. Il n'y a pas aussi long-temps que M. Grand est venu.

LEMBERTIN.

Parbleu! je crois bien. Mais pourquoi ne lui as-tu pas demandé son nom. Je crois que je ne pourrai jamais t'habituer à faire cette question là aux gens qui viennent, et que tu ne connais pas.

GROS-PIERRE.

Je vais lui aller demander.

LEMBERTIN.

Tu feras bien.

GROS-PIERRE, *courant un peu.*

Je vais venir vous le dire de suite.

LEMBERTIN, *l'appelant.*

Gros-Pierre, écoute!

GROS-PIERRE, *au fond de la salle.*

Que me voulez-vous, Monsieur?

LEMBERTIN.

Approche : où l'as-tu laissé?

GROS-PIERRE.

Dans la cuisine.

LEMBERTIN.

Malheureux que tu es! Si c'était un voleur?

GROS-PIERRE.

Ah! ne me dites pas cela, Monsieur : vous me mettez la peur dans l'ame. *(Il court.)*

LEMBERTIN.

Vas vite.

GROS-PIERRE, *ouvrant la porte, et se tournant vers Lembertin, qui est assis.*

Je vais l'amener ici, s'il y est.

SCÈNE III.

LEMBERTIN, GROS-PIERRE, GRIMAUDIN.

GRIMAUDIN, *poussant, en entrant, Gros-Pierre qui voulait sortir.*

Allons, maraud! tu es bien long dans tes demandes.

GROS-PIERRE, *étonné, à Lembertin.*

Quand je vous disais, Monsieur, qu'il avait l'air d'un original, je ne me trompais pas. *(A Grimaudin.)* Je vous trouve bien hardi, Monsieur l'étranger, d'entrer ici de cette sorte.

GRIMAUDIN, *bas à Gros-Pierre, qui a aperçu Lembertin.*

C'est M. Lembertin, celui-là?

GROS-PIERRE.

Oui. Saluez-le donc. Vous ne le reconnaissez-pas?

GRIMAUDIN, *s'inclinant, à Lembertin.*

Monsieur, j'ai bien l'honneur.... *(A Gros-Pierre.)* Tu ne te trompes pas, au moins : c'est M. Lembertin?

GROS-PIERRE, *avec ironie.*

Belle demande! Vous croyez donc que je ne connais pas mon maître?

GRIMAUDIN, *à Lembertin.*

Monsieur, j'ai bien l'honneur de vous saluer. *(Attendant un moment et s'adressant à Gros-Pierre.)* Il ne me dit rien.

GROS-PIERRE, *bas.*

Vous ne voyez pas qu'il est occupé?

GRIMAUDIN.

Dis-lui que je suis ici.

GROS-PIERRE, *à Lembertin.*

Monsieur, un homme désire vous parler.

GRIMAUDIN, *bas à Gros-Pierre, lui prenant le bras.*

Un homme! pourquoi pas un Monsieur?

LEMBERTIN, *assis, un livre à la main.*

Quel est cet homme?

GROS-PIERRE.

L'homme en question.

LEMBERTIN.

Fais approcher.

GRIMAUDIN, *s'approchant, le chapeau à la main.*

C'est à Monsieur.... *(regardant Gros-Pierre)* que j'ai l'honneur de parler?

LEMBERTIN, *souriant.*

Oui, Monsieur, c'est à moi. *(S'appuyant la tête sur sa chaise.)*

GRIMAUDIN, *bas à Gros-Pierre.*

Comment l'appelles-tu donc?

GROS-PIERRE.

Lembertin.

GRIMAUDIN.

(Bas.) Bien. *(A part.)* Du courage, Grimaudin! Notre homme a l'air bête; il faut se déclarer son ami. *(Haut, s'approchant de Lembertin.)* C'est à M. Lembertin à qui j'ai l'honneur de parler?

LEMBERTIN, *se levant.*

Oui, Monsieur; que désirez-vous?

GRIMAUDIN, *embarrassé.*

Je désire...., je désire.... Il se pourrait: tu es....; tu ne te rappelles pas de moi? Ah! mon ami, embrassons-nous.

(Il lui saute au cou.)

LEMBERTIN, *étonné.*

Que voulez-vous dire, Monsieur; veuillez vous nommer.

GROS-PIERRE.

Quand je vous disais qu'il vous connaissait.

GRIMAUDIN.

(A part.) Quel nom me donner? *(Haut.)* Comment, tu ne me reconnais pas? j'ai besoin de me nommer pour cela? Ah! mon ami, tu oublies promptement tes intimes, à ce qui paraît.

LEMBERTIN.

Je crois que vous vous trompez.

GROS-PIERRE, *à Grimaudin.*

Il n'y aurait rien d'étonnant que mon maître ne vous reconnût pas: depuis vingt ans, on peut bien oublier quelqu'un.

GRIMAUDIN.

Il va me reconnaître. *(A part.)* Il est décoré; cela va à merveille: je vais me dire son camarade d'armes. *(Haut.)* Du tout, du tout, je ne me trompe pas; c'est lui qui ne me reconnaît pas. Te rappelles-tu d'un nommé Grimaudin, un bon enfant, un bon réjoui, qui a servi avec toi pendant huit ou dix ans, dans le même régiment, dans le même bataillon? Dieu! quels bons momens nous avons passés! je me les rappelle toujours avec plaisir.

LEMBERTIN.

Quand je vous dis que vous vous trompez, vous ne voulez pas me croire : pour vous le prouver, je n'ai jamais touché un fusil de ma vie.

GRIMAUDIN.

Je le sais bien, puisque nous sommes entrés au service avec le grade de sous-lieutenant; nous sortions de l'école : tu ne te le rappelles pas? Mon Dieu! mon Dieu! peut-on oublier des choses comme cela! de si beaux jours!

LEMBERTIN, *s'emportant un peu.*

Je vous dis encore une fois que je n'ai pas servi l'État; croyez-le, ou ne le croyez pas, cela m'est indifférent. Mais!....

GRIMAUDIN.

En voilà bien d'un autre! Je vois, mon ami, que tu ne veux pas me recevoir, que tu veux me renvoyer; ce n'est pas bien de ta part. Que t'ai-je fait, pour que tu fasses semblant d'ignorer ce que je te dis là? Moi, qui étais ton meilleur ami! car nous étions toujours ensemble; on nous prenait pour deux frères.

LEMBERTIN, *en colère.*

Vous êtes un.... Cela me ferait mettre en colère, quand je vois qu'on me soutient une chose dont je suis sûr.

GRIMAUDIN, *lui prenant le bras.*

Ah! je t'en prie, ne t'emporte pas, parlons tranquillement. Tiens, tu vas voir que je vais te prouver que nous nous connaissons, en te rapportant un fait qui te prouvera notre intimité. Te souvient-il de cette fameuse journée où nous nous battîmes avec tant d'acharnement contre les Russes; où nous avons été victorieux? Je crois même, autant que je peux me rappeler, que c'est toi qui as enlevé le premier drapeau de l'ennemi, et sur-le-champ tu fus fait capitaine.

LEMBERTIN, *tranquillement.*

Mais, Monsieur, vous êtes fou! Comment, moi, fait capitaine! *(Avec ironie.)* Ah! c'est bon; moi qui ne suis jamais sorti de mon département, il veut que je sois allé en Russie.

GRIMAUDIN.

Je vois, Monsieur, que vous ne voulez pas me croire. C'est bien vilain à toi, mon cher Lembertin, mon ami! moi qui t'aime, qui te suis toujours resté fidèle! Tu en trouverais bien peu des amis comme moi : je réponds que tu n'en as pas eu qui te soient autant attachés.

LEMBERTIN, *fortement.*

Vous commencez à m'ennuyer, Monsieur; si vous continuez je vous ferai sortir.

GRIMAUDIN, *étonné.*

Y penses-tu, me faire sortir? Qui, moi? Quelle réception tu me fais!

LEMBERTIN, *toujours en colère.*

Je vous fais celle que vous méritez. Quand, la première fois, je vous ai dit que je n'avais pas servi, c'était à vous à me croire et à vous retirer, et non à persister à vouloir me persuader que j'ai été militaire. Nous sommes plusieurs frères; il y en a un qui a été soldat, c'est peut-être lui que vous connaissez : tant qu'à moi, je vous le répète encore, pour la dernière fois, je n'ai jamais servi, si ce n'est la messe que je servais étant enfant. Je pense que ce n'est pas là que vous m'avez connu?

GRIMAUDIN.

Non pas, non pas; permets-moi que je te réponde encore

une fois : je ne connais nullement tes autres frères ; il n'y a que toi des Lembertin avec qui j'ai été lié ; je peux dire ainsi, puisque tu renonces à mon amitié.

LEMBERTIN, *frappant du pied.*

Quel ennuyeux personnage ! Mon Dieu, quand en serais-je débarrassé ?

GRIMAUDIN, *doucement.*

Ne t'impatientes-pas, mon ami. Ecoutes, tu nies tout ce que je t'ai dit, mais tu ne nieras pas que tu es décoré ; cela est trop évident, tu as le ruban à la boutonnière ; tu ne diras pas : je n'ai point été soldat. On ne donne des croix qu'à l'armée, j'espère : voilà une preuve de ton service.

LEMBERTIN, *montrant son ruban.*

C'est ce ruban qui vous fait croire que j'ai servi ? Eh bien ! détrompez-vous ; il ne vient pas de l'armée.

GRIMAUDIN.

D'où vient-il donc, de l'église ? Est-ce pour avoir mieux chanté une fois que l'autre, ou pour avoir mieux agité la sonnette qu'un autre de tes confrères ?

LEMBERTIN.

Non, Monsieur ; n'ayez pas l'air de vous jouer des gens : c'est pour d'autres raisons.

GRIMAUDIN.

Je ne peux pas les connaître, ces raisons ?

LEMBERTIN.

C'est un mystère que je ne peux dévoiler à personne.

GRIMAUDIN.

Pas même à ton ami Grimaudin ?

LEMBERTIN.

Non, personne ne le saura. *(Entendant frapper dix heures.)* Dix heures ! mon Dieu, qu'il est tard ! *(A Grimaudin.)* Avec votre permission, je vais écrire à quelqu'un.

GRIMAUDIN.

Ne te gênes pas ; fais comme chez toi. *(Réfléchissant un moment, à part.)* Maudit ruban ! moi qui croyais qu'il avait été donné à l'armée ; il se trouve précisément que ce n'est pas. Je voudrais bien qu'il y aurait quelqu'un pour destituer ceux qui les donnent et les font donner comme cela verbalement. La plupart ne le méritent pas : je gagerais que le sien est du nombre. Voilà toutes mes espérances déçues. Fiez-vous ensuite aux apparences ! Dans un siècle comme celui-ci ! *(Réfléchissant.)* Que faire maintenant pour me colloquer ici ? *(Réfléchissant.)* Ah ! j'ai un bon moyen : il n'y a pas de doute qu'il a été en pension ; informons-nous de cela. *(A Gros-Pierre.)* Écoute ici. *(Gros-Pierre s'approchant.)* Ton maître a été en pension ?

GROS-PIERRE, *très-haut.*

Oui, à une école.

GRIMAUDIN, *bas.*

Parlez plus bas ; nous pourrions incommoder M. Lembertin. Vous savez à quelle école il a été, puisque école va ?

GROS-PIERRE, *bas.*

Il a été à plusieurs, entr'autres chez M. Paul : c'est là qu'il a appris presque tout ce qu'il sait.

GRIMAUDIN, *bas.*

Où demeure-t-il ce M. Paul ?

GROS-PIERRE, *bas.*

A un petit village, tout près d'ici, qu'on appelle Daguzan.

GRIMAUDIN, *vivement*

Ah, parbleu ! c'est là que je l'ai connu ; j'y ai resté très-long-temps. Ce pauvre M. Paul, de Daguzan ! l'avons-nous fait mettre en colère souvent !

GROS-PIERRE, *étonné.*

Vous y avez demeuré, vous aussi ?

GRIMAUDIN.

Cela t'étonne? Je ne pourrais pas te dire le nombre d'années.

GROS-PIERRE, *allant vers Lembertin.*

Je vais le dire à Monsieur ; lui qui désire tant voir un.....

GRIMAUDIN, *l'arrêtant.*

Un quoi?

GROS-PIERRE.

Un de ses anciens camarades.

GRIMAUDIN.

Eh, parbleu! c'est moi.

GROS-PIERRE, *courant près de Lembertin.*

Je vais lui dire.

GRIMAUDIN, *l'appelant.*

Ecoute donc!

GROS-PIERRE, *riant.*

Que me voulez-vous?

GRIMAUDIN.

Avant de l'avertir, dis-moi donc d'où lui vient cette décoration?

GROS-PIERRE.

Il l'a eue par protection : c'est un de ses amis, qui est employé, vous savez, dans ces grands bureaux, à Paris, qui la lui a fait avoir.

GRIMAUDIN.

Il n'a rien fait pour la mériter?

GROS-PIERRE.

Oh! il a fait beaucoup, beaucoup.

GRIMAUDIN.

Qu'a-t-il fait? s'est-il jeté à l'eau pour sauver un homme qui se noyait? a-t-il exposé sa vie, ses jours pour quelqu'un?

GROS-PIERRE.

Il a fait plus que cela; il a jeûné pendant vingt-quatre heures, et a resté pendant ces vingt-quatre heures au pied d'un autel.

GRIMAUDIN, *riant.*

Et pourquoi cela?

GROS-PIERRE.

Pour expier ses péchés. Eh bien! depuis ce temps-là, il est dévot, dévot à un tel point, qu'il se croirait damné s'il passait un seul jour sans aller à la messe.

GRIMAUDIN, *riant très-fort.*

Ha! ha! ha! ha! ha!

GROS-PIERRE.

Il est même hypocrite un peu.

GRIMAUDIN.

S'il est dévot et hypocrite, il doit être jésuite : ces trois qualités vont toujours de compagnie.

LEMBERTIN, *se tournant.*

Quoi! de la compagnie. *(Voyant Grimaudin.)* Hé! je vous croyais parti, Monsieur; pardonnez-moi si je ne vous ai pas parlé plus tôt; je ne pensais plus à vous. *(A Gros-Pierre.)* Pourquoi ne m'as-tu pas dit que Monsieur attendait toujours?

GROS-PIERRE, *montrant Grimaudin.*

C'est lui qui n'a pas voulu que je vous dérange.

GRIMAUDIN.

Il est vrai, mon ami. *(Réfléchissant.)* Tiens, je ne veux rien avoir de caché pour toi; je vais tout t'avouer. Lorsque je suis arrivé ici, j'ai été très-étonné de te voir décoré, sachant que tu n'avais pas servi, et pour savoir d'où te venait ce ruban *(montrant le ruban)*, je me suis dit ton frère d'armes, et ai tout fait pour te le persuader; n'ayant pu réussir, je te confesse que je n'ai été que ton ami d'enfance, ton camarade de collége ou d'école, comme tu voudras.

LEMBERTIN, *étonné.*

Il se pourrait! Chez qui avez-vous été en pension?

GRIMAUDIN.

Chez M. Paul, de Daguzan, ce pauvre vieux.

LEMBERTIN.

Quoi! en quelle année y étiez-vous?

GRIMAUDIN.

En mil huit cent trois.

LEMBERTIN.

J'y étais aussi à cette époque. Je ne me rappelle pas de vous du tout, du tout.

GRIMAUDIN.

(A part.) Je crois bien : dans ce temps-là j'étais au bagne de Rochefort. *(Haut.)* C'est là où je t'ai connu ; j'étais un de tes meilleurs amis : je pense l'être encore, du moins si tu m'en crois digne.

LEMBERTIN, *lui présentant la main.*

Touche-là *(L'embrassant.)* Je revois toujours avec plaisir mes anciens camarades d'enfance. Écoutez ; avez-vous connu un nommé Émile, qui était chez M. Paul dans le même temps que nous?

GRIMAUDIN.

Parbleu! si je l'ai connu!

LEMBERTIN.

Savez-vous ce qu'il est devenu?

GRIMAUDIN, *étonné.*

Vous vous intéressez à son sort?

LEMBERTIN, *doucement.*

Oui, le pauvre!

GRIMAUDIN.

Pourrais-je savoir pourquoi? C'est un peu indiscret de ma part, j'en conviens; mais entre amis, on ne doit avoir rien de caché.

LEMBERTIN.

C'est que je lui dois beaucoup.

GRIMAUDIN, *étonné.*

Comment! tu lui dois beaucoup d'argent? *(A part.)* C'est ce qu'il me faut! c'est ce qu'il me faut!

LEMBERTIN.

Je lui dois la vie!

GRIMAUDIN.

Ce n'est pas beaucoup, sa vie; si c'était un ou deux millions, je ne dis pas; mais la vie, qu'est-ce que c'est! Et tu veux le voir pour cela?

LEMBERTIN, *triste.*

Je voudrais le voir pour le presser contre mon cœur, et lui donner ce que je lui ai promis. Depuis vingt ans! mon Dieu!

GRIMAUDIN,

(A part.) Ce n'est pas le langage d'un jésuite. *(Haut.)* Que lui as-tu promis?

LEMBERTIN, *toujours triste.*

Je lui promis ma fille, si jamais je venais à en avoir; l'Être-Suprême a exaucé les vœux et les prières que je faisais chaque jour; il m'en a donné une, et si ce pauvre Emile vient, je la lui donnerai pour épouse ainsi que la moitié de ma fortune. *(Il s'assied sur une chaise et met sa tête dans ses mains.)*

GRIMAUDIN.

(A part.) Ce qui vaut encore mieux, tant petite qu'elle soit. *(A Gros-Pierre, lui faisant un signe de tête.)* Tu plaisantes en disant qu'il est hypocrite, dévot; il veut tenir une promesse qu'il a faite il y a vingt ans : cela n'est pas l'habitude de ces gens là; ils promettent toujours et ne tiennent jamais : voilà leur règle principale.

GROS-PIERRE, *bas, à Grimaudin.*

Je vous réponds bien qu'il l'est, j'en suis sûr; mais vous savez qu'il n'y a pas de règle sans exception : il est peut-être brave homme.

GRIMAUDIN.

(Haut.) On ne peut pas être l'un et l'autre; jésuite et honnête homme, c'est impossible : la probité et la mauvaise

foi ne peuvent compâtir ensemble. *(Haut, à Lembertin.)* Que j'aime à entendre parler un homme comme tu viens de le faire! Remplir ses engagemens au bout de vingt ans! Ils sont bien rares les gens de ta manière de faire!

LEMBERTIN, *tristement.*

C'est vous qui venez de me les rappeler, car autrement je n'y pensais plus; depuis tant d'années que je n'ai pas reçu des nouvelles d'Émile, cela m'avait passé de la tête, et d'une telle sorte, que j'ai comme promis ma fille. *(A part, soupirant.)* Ne disons pas tout.

GRIMAUDIN, *étonné.*

Et à qui l'as-tu promise?

LEMBERTIN.

A un jeune homme qui l'aime depuis six ans.

GRIMAUDIN, *fortement.*

Je ne souffrirai pas qu'il l'épouse.

LEMBERTIN.

Et pourquoi ne le souffririez-vous pas?

GRIMAUDIN.

Quelle demande! Tu voudrais que moi, Émile Grimaudin, ton ami et celui de ta fille, sans la connaître, mais c'est égal, visse passer celle qu'il aime, celle qui lui a été promise, dans des mains étrangères, tandis qu'elle doit lui appartenir?

LEMBERTIN, *fortement étonné.*

Quoi! que viens-tu de dire! tu serais?....

GRIMAUDIN.

Emile, ton ami, ton camarade, qui t'est toujours resté fidèle.

LEMBERTIN, *lui sautant au cou.*

Mon cher Émile! que ne t'ais-tu fait connaître plutôt!

GRIMAUDIN, *lui tenant la main.*

Je voulais savoir avant si tu te rappelais de la promesse que tu me fis, et si tu étais toujours prêt à la remplir.

LEMBERTIN, *réfléchissant.*

Oui, je suis toujours prêt; mais je viens de....

GROS-PIERRE, *à part.*

Voilà un homme qui, je parie, retardera le mariage de M. Aminthe avec ma maîtresse.

GRIMAUDIN, *doucement.*

Que viens-tu de faire! parle, dis-moi cela; ne crains rien.

LEMBERTIN, *triste.*

J'ai promis ma fille, comme je t'ai dit tout à l'heure.

GRIMAUDIN, *étonné.*

Et tu te tourmentes pour cela?

LEMBERTIN.

Oui....

GRIMAUDIN.

C'est ta faute; aussi, pourquoi ne m'attendais-tu pas?

LEMBERTIN.

Je te croyais mort depuis long-temps.

GRIMAUDIN.

Comment diable arranger cela? Il faut que j'avise à quelque moyen. Ah! en voilà un bien bon.

LEMBERTIN.

Quel est-il?

GRIMAUDIN.

Ce jeune homme aime-t-il passionnément ta fille?

LEMBERTIN.

A la folie. Il donnerait tous les trésors du monde pour l'avoir.

GRIMAUDIN.

Tu me connais pour un bon enfant, un homme bien accommodant, rond dans les affaires.

LEMBERTIN.

Oui; à moins que tu n'aies changé.

GRIMAUDIN, *lui prenant le bras.*

Pour te prouver que je suis toujours le même, j'abandonne

ta fille au jeune homme à qui tu l'as promise, et te demande seulement, pour m'indemniser de ce sacrifice, la dot que tu te proposais de lui faire. *(Vivement.)* Ce n'est pas pour moi que je parle ; c'est pour toi, pour te faire tenir ta parole; car je serais au désespoir de te causer le moindre désagrément.

LEMBERTIN.

Mais, mon ami, tu n'y penses pas ?

GRIMAUDIN.

J'y pense trop. *(A part.)* S'il y consent, la dot sera en bonne main. *(Haut.)* C'est pour toi, pour ta réputation ; j'y tiens autant comme si c'était la mienne, peut-être plus. Voilà la raison pour laquelle je lègue ta fille à ce jeune homme ; elle est jeune, jolie, passionnée, il n'y a pas de doute, comme les autres ; moi je commence à être d'un certain âge ; étant marié, je ne pourrai peut-être pas lui complaire en tout, satisfaire tous ses désirs : je ferai tout mon possible, comme tu dois croire ; mais je ne me crois pas à même. Elle serait peut-être obligée d'avoir recours à quelques voisins complaisans : tu sais qu'il s'en trouve toujours; je serais obligé de voir tout cela sans rien dire, et ce serait désagréable pour moi. *(Reprenant vivement.)* C'est une supposition que je fais : ne t'en formalise pas ; tu vois que c'est autant pour ta fille que pour moi, car elle serait privée, et c'est bien malheureux pour une jeune femme que d'être privée; au lieu que la dot, je pourrai la satisfaire : elle ne jeûnera pas, je te jure. *(Lui prenant la main.)* Écoute ici : *(le tirant à côté)* que te proposais-tu de lui donner en mariage?

LEMBERTIN.

Cinquante mille écus.

GRIMAUDIN, *étonné.*

Tu plaisantes, je crois? Tu m'avais promis....

LEMBERTIN.

Quoi ?

GRIMAUDIN.

Deux cent mille francs.

LEMBERTIN.

Tu es dans l'erreur ; je me rappelle parfaitement.

GRIMAUDIN.

Je te jure....

LEMBERTIN.

Je te dis que ce n'est pas.

GRIMAUDIN, *haussant les épaules*

Nous sommes bien dans le dix-huitième siècle ! cela me le prouve bien ! On ne trouve que mauvaise foi partout, même chez ceux qui existaient au dix-septième. Maudit siècle ! tout est corrompu ! *(Frappant du pied.)*

LEMBERTIN.

Que dis-tu ?

GRIMAUDIN.

Je dis, je dis, mon ami, que je veux deux cent mille francs de dot, ou nous nous mesurerons ensemble : choisis.

LEMBERTIN, *vivement.*

C'est comme cela que vous me parlez ? Vous allez être satisfait de suite : vous n'aurez ni ma fille ni la dot, vous entendez ; et s'il le faut, nous nous mesurerons comme vous dites.

GRIMAUDIN.

(A part.) Ne le mettons pas trop en colère *(Haut.)* Quand vous voudrez, Monsieur ; tout de suite, si vous le désirez.

GROS-PIERRE, *à Grimaudin.*

Ne faites pas cela ; acceptez les cinquante mille écus, *(A part.)* Mon Dieu ! mon Dieu ! qu'il me tarde que ce soit décidé pour ce pauvre M. Aminthe.

GRIMAUDIN, *à Gros-Pierre.*

Tu as raison. *(à Lembertin.)* Eh bien ! Monsieur, êtes-vous toujours disposé à donner cent cinquante mille francs ?

LEMBERTIN, *courroucé*

Je trouve bien étonnant que vous parliez encore de cela!

GRIMAUDIN.

(A part.) Excusons-nous; ce n'est pas plus humiliant que d'avoir porté la chaîne. *(Haut.)* Tu es en colère; tiens, donne-moi la main, et soyons amis : vois, c'est un moment de vivacité; on pardonne cela à un vieux camarade, *(à part.)* que l'on voit pour la première fois. *(Il lui prend la main.)*

LEMBERTIN, *lui donnant la main.*

(A part.) Pardonnons. *(Haut.)* Eh bien! que te proposes-tu?

GRIMAUDIN.

Je pourrais te faire cette question.

LEMBERTIN.

A quoi es-tu décidé?

GRIMAUDIN.

Je suis décidé et prêt à recevoir la dot.

LEMBERTIN, *réfléchissant.*

Et si ce jeune homme ne veut pas ma fille sans une dot?

GRIMAUDIN.

Tu m'as dit qu'il donnerait des trésors pour avoir sa main. Il pourra bien sacrifier cent cinquante mille francs; ce n'est pas le diable; d'ailleurs, s'il voulait faire des difficultés, je trancherais au court, je garderai tout : c'est une bonté de ma part de lui céder ta fille.

LEMBERTIN.

Comment, une bonté? ce n'est pas cela : je lui ai donné ma parole, je veux la tenir : il aura ma fille.

GRIMAUDIN, *regardant autour de lui.*

Où est-il, où est-il, ce petit drôle? je veux lui parler et le décider de suite.

LEMBERTIN.

Fais comme tu voudras : pourvu qu'il soit content, et que

je n'aie pas de reproches, voilà tout ce que je veux : que tu sois mon gendre ou lui, cela m'est égal.

GRIMAUDIN, *étonné.*

Cela t'est égal ; c'est bon ça ? Comment tu ne me préfères pas, moi qui suis un homme de raison, un homme tranquille, à un petit enfant de vingt ans peut-être, qui ne pense qu'à s'amuser ?

LEMBERTIN.

(A part.) Ne le fâchons pas. *(Haut.)* Il n'y a pas de comparaison ; tu n'aurais pas dû me faire cette demande.

GRIMAUDIN.

Je le pensais bien aussi ; vois-tu, j'aime beaucoup à connaître.... *(A part.)* S'il savait à qui il parle, il ne dirait pas cela. *(Haut.)* Sais-tu que tu n'es pas honnête, je peux te dire cela en ami, à l'égard de ton prétendu gendre ? Tu ne m'as pas offert un verre d'eau, qui est bien peu de chose, depuis mon arrivée. De parler, cela ne remplit pas l'estomac. *(Bas.)* Depuis trente heures que je n'ai rien pris !

LEMBERTIN.

Il est vrai ; je n'y ai pas pensé. *(A Gros-Pierre.)*, Vas chercher les restes du dîner d'hier soir, qui sont au salon.

GROS-PIERRE.

Oui, Monsieur : il ne reste que des haricots, des pommes de terre et des œufs.

LEMBERTIN.

C'est ce qu'il faut.

GRIMAUDIN.

Que dis-tu, des haricots, des pommes de terre ? est-ce pour moi que tu fais venir cela ?

LEMBERTIN, *étonné.*

Oui ; ce n'est pas bon ?

GRIMAUDIN, *changeant de voix.*

Comment, comment : je n'en veux pas ! je veux un chapon ou bien un poulet.

GROS-PIERRE.

Monsieur, c'est un jour maigre aujourd'hui : j'en suis bien fâché; on ne peut pas manger de chair.

GRIMAUDIN.

Un jour maigre? je ne connais pas cela; ce sont des sottises.

GROS-PIERRE.

Eh bien! Monsieur; vous faites là un grand péché; vous vous attirez par là la malédiction du ciel.

GRIMAUDIN, *riant.*

Est-il bête, cet animal, est-il bête! Qu'est-ce que cela signifie? Je suis, je crois, avec des bigots, des caffards, des jésuites!

LEMBERTIN, *en colère.*

Je ne connais pas tous ces termes là; mais ce que je sais, c'est que tu es chez des braves gens.

GRIMAUDIN.

Ah! je le pense; je n'en mettrais pas la main au feu, malgré cela.

LEMBERTIN.

Apprends, si tu ne le sais pas, que nous sommes aussi honnêtes que toi, et peut-être plus.

GRIMAUDIN.

(A part, riant.) Il faut l'être bien peu pour l'être autant que moi; mais cela peut aller : un jésuite et un échappé des galères peuvent se donner la main. *(A Lembertin, lui prenant la main, et regardant de chaque côté.)* Oui, cela va assez bien, n'est-ce pas?

LEMBERTIN, *le regardant.*

Que veux-tu dire?

GRIMAUDIN.

Je veux dire que je désire savoir depuis quelle époque tu es dévot, et ce qui a pu te porter à le devenir?

LEMBERTIN.

Mon ami, telle est ma manière de voir et de penser.

GRIMAUDIN.

(A part.) Le domestique m'avait dit vrai. *(Haut.)* C'est différent. Dis-moi, as-tu élevé ta fille dans ces principes-là?

LEMBERTIN.

Oui; tu crois que ce ne sont pas de bons principes?

GRIMAUDIN.

Mon Dieu, si! mais quand elle sera avec moi, si je l'épouse, il faudra qu'elle change; elle mangera comme moi de la viande; il n'y a rien de bon pour les jeunes femmes comme la chair; cela vous les engraisse à merveille.

LEMBERTIN.

Quand elle sera avec toi, elle fera ce qu'elle voudra; elle ne m'appartiendra plus : tu seras responsable, devant l'Être-Suprême, des péchés qu'elle commettra, comme je l'ai été et le serai jusqu'à son mariage.

GRIMAUDIN, *riant, lui mettant la main sur l'épaule.*

Ah, mon coquin! je parie que tu ne penses pas ce que tu dis-là. Je gagerais même!.... Mon Dieu! les hommes, les hommes! sont-ils hypocrites! *(Levant les yeux au ciel.)*

LEMBERTIN, *en colère.*

Alons, allons, tais-toi, ou je sors.

GRIMAUDIN.

La vérité te fâche, n'est-ce pas? Eh bien? je ne te la dirai plus; je me tais. Au résultat, qu'as-tu à me donner pour mon dîner?

LEMBERTIN.

Ce que j'avais tout à l'heure.

GRIMAUDIN.

Je n'en veux pas. *(Le tirant à part.)* Dis-moi cela à l'oreille : voyons.

LEMBERTIN.

Que veux-tu que je te dise?

GRIMAUDIN.

C'est pour plaisanter, que tu m'offres des œufs et des pommes de terre?

LEMBERTIN.

Non, non; je n'ai que cela à t'offrir.

GRIMAUDIN, *riant.*

Ah! je devine ce que c'est. *(Le tirant de nouveau à part.)* Tu es, n'est-ce pas, un dévot dans les règles?

LEMBERTIN, *étonné.*

Que veux-tu dire par-là?

GRIMAUDIN.

Je veux dire que tu manges de bons chapons truffés, tandis que tu dis que ce sont des pommes de terre : nous connaissons cela. Tu fais sortir la viande, et tu fais mettre des œufs en place quand il vient quelqu'un : ce sont les ruses du métier de bigot. Mais dis-moi un peu pourquoi tu me caches tes secrets? A un gendre! est-ce qu on ne dit pas tout?

LEMBERTIN, *étonné.*

Tu te trompes. *(A part.)* Il a deviné mes secrets, c'est-à-dire ceux de la société.

GRIMAUDIN.

Allons, allons, avoue : j'ai été comme toi fanatisé, mais fanatisé à un tel point, que j'en étais bête.

LEMBERTIN.

S'il faut te le dire, il est vrai, je suis un peu fanatisé; que veux-tu, j'ai des raisons bien valables pour être ainsi. *(Reprenant vivement.)* N'en parle à personne, je te conjure.

GRIMAUDIN.

Je te promets. Sans être indiscret, puis-je te demander quelles sont les raisons qui te portent à....

LEMBERTIN, *le tirant par le bras.*

C'est pour conserver ma place de receveur-particulier : ce

n'est pas pour les revenus qu'elle me donne que j'y tiens ; c'est seulement pour être quelque chose dans l'administration ; ensuite, pour l'honneur.

GRIMAUDIN.

Pourquoi ne me l'as-tu pas dit plus tôt? tu m'aurais évité toutes les questions que je viens de te faire.

LEMBERTIN.

Il est vrai ; mais....

GRIMAUDIN.

Puisque tout est dévoilé, tu devrais bien me faire dîner. Envoie chercher un chapon ou un dindon ; enfin, ce qu'il y a de meilleur, chez un congréganiste : tu dois bien savoir?

LEMBERTIN.

Tu vas être satisfait. *(A Gros-Pierre.)* Va chercher un ou deux des chapons qui sont de l'autre côté, avec ce qui s'ensuit.

GROS-PIERRE.

Oui, Monsieur.

GRIMAUDIN.

A la bonne heure! voilà un beau-père qui aime son gendre! Un ou deux chapons! que ce sera bon, mon Dieu! Tu vois que si j'avais voulu te croire j'aurais fait maigre, tandis que je vais faire gras : voilà ce que c'est que de n'être pas bête. *(A Gros-Pierre, qui attend.)* Va vite; je suis pressé par mon estomac.

GROS-PIERRE, *courant*

Oui, Monsieur, oui, Monsieur. *(Il sort.)*

SCÈNE IV.

LEMBERTIN, GRIMAUDIN.

GRIMAUDIN, *regardant derrière lui.*

Maintenant que nous sommes seuls, parlons un peu de ta fille. Que penses-tu, que crois-tu de ce jeune homme?

LEMBERTIN.

Je crois qu'il ne consentira pas.....

GRIMAUDIN.

Ah ! je voudrais bien voir qu'il se permît de me résister !

LEMBERTIN.

Je suppose qu'il consente, sais-tu si tu conviendras à ma fille, si tu lui plairas ?

GRIMAUDIN.

J'en suis sûr d'avance : un joli homme plaît toujours. D'ailleurs, elle ne m'épousera pas, si elle veut m'abandonner la dot.

LEMBERTIN.

Elle n'aime pas les vieux : je le sais.

GRIMAUDIN.

Raison de plus pour prendre le jeune.

LEMBERTIN.

Je suppose encore qu'elle veuille t'épouser : crois-tu que M. le Maire veuille te marier sans te connaître, sans voir tes papiers, ta naissance qui certainement ne lui est pas plus connue que tout le reste ? Peut-être te fera-t-il arrêter comme vagabond ; qui sait ? il en a le droit.

GRIMAUDIN.

Il s'adresserait bien : moi, me faire arrêter ! Je l'en défie : il serait bientôt destitué, s'il s'en avisait.

LEMBERTIN, *riant aux éclats.*

Ha ! ha ! ha ! ha ! le faire destituer, toi ? Cela m'amuse.

GRIMAUDIN.

Ne te moque pas de moi : les ministres sont là.

LEMBERTIN.

Tu les connais ? Tu as beaucoup de crédit auprès d'eux ?

GRIMAUDIN.

Beaucoup, beaucoup, surtout près de celui de la justice : il m'a été très-utile dans plusieurs occasions. *(A part.)*

Quand ce ne serait que pour me faire mettre aux galères, c'est toujours beaucoup.

LEMBERTIN.

Tu crois pouvoir faire destituer ceux que tu voudras, en les connaissant?

GRIMAUDIN.

Parbleu! il n'y a qu'eux qui en aient le droit; et cela leur coûte si peu, qu'ils pourront me rendre service à bon marché.

LEMBERTIN.

Tu crois cela? Encore une supposition que je veux te faire : si M. le Curé ne veut pas bénir ton mariage, que feras-tu? Tu ne ne forceras pas? Tu ne le fera pas destituer?

GRIMAUDIN.

Hé! si je pouvais, je le ferais bien; mais malheureusement je ne le peux pas. Il y a un remède, malgré cela : ce sera de s'en passer; nous serons tout aussi bien mariés que si nous lui donnions de l'argent.

LEMBERTIN.

Tu parles déjà comme s'il était décidé que tu te maries.

GRIMAUDIN.

Je l'espère aussi. Sais-tu que tu ferais bien d'aller voir ce jeune homme, pour lui faire la proposition? Ou, si tu ne veux pas la lui faire, emmène-le ici, je la lui ferai moi-même.

LEMBERTIN.

Ah! mon Dieu, je crains....

GRIMAUDIN.

Tu as peur? Va toujours.

LEMBERTIN.

Au revoir! Adieu! *(Il sort.)*

SCÈNE V.

GRIMAUDIN, GROS-PIERRE, *entrant.*

GRIMAUDIN, *voyant Gros-Pierre.*

(A part.) Faisons l'homme d'importance. *(Haut; se promenant les bras croisés.)* Eh! dis donc, l'ami, tu viens bien doucement?

GROS-PIERRE, *posant un chapon sur la table.*

Je ne peux allez plus vite, Monsieur.

GRIMAUDIN, *lui prenant une bouteille de vin qu'il tient à la main.*

Donne cela, manant! *(Le regardant de travers.)* Un tire-bouchon, vite!

GROS-PIERRE, *lui donnant un tire-bouchon.*

Voilà, Monsieur. *(A part.)* Quel air fier!

GRIMAUDIN, *buvant à la bouteille.*

Ah! le mauvais vin! *(Continuant.)* Quel goût! *(Buvant toujours.)* Il est détestable. *(Ayant fini la bouteille.)* De quel pays est-il?

GROS-PIERRE.

De Bordeaux : il est bien vieux.

GRIMAUDIN.

Il est fameux, ce Bordeaux! *(Remettant la bouteille à Gros-Pierre.)* Je n'en veux plus : va m'en chercher d'autre.

GROS-PIERRE.

Vous le trouvez détestable, et vous en demandez d'autre?

GRIMAUDIN.

Oui, je te dis qu'il est désagréable. Va m'en chercher cinq ou six bouteilles, du meilleur.

GROS-PIERRE, *sortant.*

Comme il y va! cinq ou six bouteilles. Il ferait bien mieux d'en demander une demi douzaine?

GRIMAUDIN, *fortement.*

Allons! vîte : obéis-moi, ou sans quoi!

GROS-PIERRE, *à la porte.*

Oui! oui! Monsieur le buveur. Oui, j'y vais. *(Il sort.)*

SCÈNE VI.

GRIMAUDIN, *seul.*

Ouf! *(Se frottant l'estomac.)* Que cette bouteille m'a réchauffé l'estomac. Je me sentirais la force de parler maintenant pendant deux heures, si Lembertin était là. *(Réfléchissant.)* C'est bien heureux pour moi d'avoir trouvé une vieille bête comme lui, à qui je fais croire tout ce que je veux, qui me reçoit chez lui, qui me donne sa fille en mariage, et surtout une bonne dot; car autrement pas de mariage. Me voilà une existence assurée. Qui m'aurait dit cela hier? Je ne l'aurais pas cru, moi qui avais la douce espérance de mourir de faim et d'être mangé par les bêtes féroces. *(Reprenant vivement.)* Que ça doit être terrible d'être mangé par les bêtes! Ah! mon Dieu, quelles souffrances! *(Voyant le chapon que Gros-Pierre a apporté)* Mais je ne me trompe pas *(S'approchant et le prenant à la main)*; c'est un saintongeais. Je gagerais que c'en est un; il est trop gras pour qu'il n'en soit pas. *(Mordant le chapon)* Il ne dit rien. Je vais le faire passer, celui-là. *(Se mettant sur une chaise.)* Il y avait au moins cinq ans que je n'en avais mangé, ni vu tout cuit; pas même senti, ce qui est bien moins. Il n'y a rien de plus facile à compter: ce fut en mil huit cent vingt-trois que j'entrai en qualité de pensionnaire à Rochefort; je crois que c'est le quinze juillet. *(Comptant sur ses doigts.)* Nous disons, mil huit cent vingt-quatre, un; mil huit cent vingt-cinq, deux; mil huit cent vingt-six, trois; mil huit cent vingt-sept, quatre, et mil huit cent vingt-huit, cinq. C'est bien cinq ans; je ne me suis pas trompé. Voyez, c'est pourtant ma hardiesse, mon mensonge qui me valent tout cela. Tout est utile en ce bas monde. Ma mère me disait toujours que ma mauvaise langue me ferait pendre : je vois avec plaisir qu'elle s'est trompée, la bonne femme ; car si je n'avais pas soutenu fort et ferme, à Lembertin, que j'étais son ami, il m'aurait renvoyé, comme ont fait tous les autres chez qui je me suis présenté. Courir le bon bord, comme j'ai toujours fait, excepté les années que j'ai passées en prison et aux galères ; vivre de rapines, attraper un déjeûner chez l'un, un dîner chez un autre, et un souper chez un autre ; enfin, coucher quelquefois chez celui chez lequel je soupais, ce qui ne m'arrivait pas souvent, autant que je peux me le rappeler ; les bois et les fossés ont eu l'honneur de m'avoir plus souvent à coucher que les auberges et les hôtels : je n'étais pas aussi bien couché ; mais c'est égal, je dormais aussi long-temps. *(Réfléchissant.)* Je crois que mes aventures touchent à leur terme ; il commence à être temps, à soixante-un ans, après trente-six ans de service. Me voilà colloqué dans une maison riche, à laquelle je vais m'associer, et cela comme gendre. Ce pauvre Lembertin a l'air bon homme ; il fera tout ce que je voudrai ; je le conduirai en tout : pour cela, il faut que je me fasse craindre, que je me montre. *(Réfléchissant.)* Il me semble me voir sur un beau cheval arabe, ou dans un tilbury attelé de deux chevaux blancs, avec un laquais derrière, ou deux, s'il le faut, avec une belle livrée. Laquelle aurai-je ? de quelle couleur ? Ah ! la verte ; c'est celle qu'il me faudra : l'espérance ; j'ai toujours vécu comme cela. Dans ce tilbury j'aurai un air noble, majestueux, pédant, s'il le faut ; cela n'ira pas mal, afin que quelque beau jour je devienne, avec des protections, préfet. Ce n'est pas impossible ; ho ! non, ce n'est pas impossible : un avocat est devenu ministre, un ancien huissier peut bien devenir préfet, sans se gêner, par exemple, avec de bons secrétaires ; car, comme on sait, la principale règle suivie par les préfets, c'est de ne rien faire ; d'ailleurs, c'est la mode. *(Réfléchissant.)* Avec toutes mes réflexions, je ne bois pas. Depuis une heure ce gredin de domestique est allé me chercher du vin, et il n'est pas encore revenu ; il va me laisser mourir de soif. Holà ! domestique, hé ! domestique, vite du vin ! Personne ne répond ; je vais le congédier s'il revient. *(Frappant du pied.)* Je casse tout. *(Attendant un moment.)* Je crois qu'il vaut mieux que j'aille le chercher moi-même. *(Il sort.)*

SCÈNE VII.

AMANT *et* TILCY, *entrant par la porte à gauche.*

AMANT, *en costume bourgeois.*

Hé bien ! ma sœur, tout est décidé ; tu te maries : te voilà contente.

TILCY

Oui, mon ami ; à qui le dois-je ?

AMANT.

A notre bon père.

TILCY.

Est-ce à d'autres qu'à toi que je suis redevable de tant de bonté, que j'épouse celui que j'aime. *(Lui prenant la main.)* Mon bon frère....

AMANT.

Je pense, ma bonne amie, que je n'ai fait que mon devoir, en engageant papa à t'unir à Aminthe qui le mérite, je te le jure ; c'est mon meilleur ami et le plus fidèle.

TILCY, *lui prenant la main.*

Je te dois tout, mon cher Amant ; j'espère un jour t'en récompenser.

AMANT.

Viens m'embrasser ; nous parlerons de cela plus tard.

TILCY, *l'embrassant.*

Comme tu voudras, mon ami. Tu ne sais pas ce que je viens te demander ?

AMANT.

Non, pas encore.

TILCY.

Tu n'y consentiras pas, peut-être.

AMANT.

Je consens à tout ce qui est juste ; d'ailleurs, pour toi que ne ferais-je pas?

TILCY, *s'appuyant sur l'épaule d'Amant.*

Eh bien! mon petit frère, je viens de la part de mes amies les dames Richard, te prier de vouloir bien assister à la soirée que donne Madame Léon, aujourd'hui, où nous sommes toutes réunies : je ne te parle pas d'Aminthe, parce qu'il viendra sans qu'on l'en prie, sachant que j'y suis; il n'est pas de même de toi.

AMANT.

Pourquoi est-ce que je n'y aurais pas été comme Aminthe? crois-tu qu'il t'aime plus que moi? S'il est ton prétendu, je suis ton frère : je pense qu'il y a peu de différence de mon amitié à la sienne; pour te le prouver, c'est que j'irai.

TILCY, *tristement.*

Je t'ai fâché, peut-être; pardonne-moi; je ne l'ai pas fait dans cette intention.

AMANT, *riant.*

Non, non, du tout; sois tranquille.

TILCY.

Que d'obligations ne t'aurons-nous pas! mais, écoute, il

faut que tu sois rendu au moins à sept heures, ou plus tôt si tu peux, car nous vous attendrons tous les deux, Aminthe et toi, pour commencer nos amusemens.

AMANT.

Je cours chercher Aminthe; nous nous rendrons aussitôt.

TILCY, *le retenant par la main.*

Ecoute; attends un moment; ne sors pas.

AMANT, *la regardant en souriant.*

Pourquoi? je devine quelque chose.

TILCY,

Quoi?

AMANT.

Je gagerais que tu fais encore la sotte.

TILCY, *riant.*

Comment ça?

AMANT.

Que tu as quelque chose à me demander.

TILCY, *indécise.*

Oui...., non....

AMANT.

Il paraît que tu crains de me parler. C'est très-bien, Mademoiselle.

TILCY, *triste.*

Ah! ne te fâche pas, mon ami; je n'ose pas te dire....

AMANT.

Encore une fois, je te dis que je ferai tout ce qui pourra t'être agréable, si c'est en mon pouvoir.

TILCY.

Ce serait de....

AMANT, *impatient.*

Tu ne veux pas achever, je sors. *(Faisant semblant de sortir.)*

TILCY, *courant après.*

De te déguiser pour nous amuser : nous sommes en carnaval.

AMANT.

C'est là tout le mystère? il valait bien la peine. En quoi veux-tu que je me déguise?

TILCY, *étonnée.*

Comment, tu consens! En femme : ce sont mes amies qui t'en prient.

AMANT.

Il est inutile de me dire que ce sont tes amies; il en est assez que tu me le demandes, que tu paraisses le désirer, pour que je le fasse.

TILCY, *lui sautant au cou.*

Mon cher frère!

AMANT.

Qui me prêtera une robe?

TILCY.

Moi, qui te donnerai celle que j'avais hier.

AMANT.

Sera-t-elle assez grande?

TILCY.

Oui; nous sommes à peu près de même taille.

AMANT, *voyant un carton et le montrant.*

N'est-elle pas dans ce carton?

TILCY, *allant voir.*

Je crois que tu as raison.

AMANT, *à part.*

Ce diable d'Aminthe, sera-t-il heureux d'avoir une femme aussi jolie! Si elle n'était pas ma sœur, il pourrait craindre mes visites lorsqu'il sera marié.

TILCY, *gaiment.*

Ah, mon ami! toute ma toilette d'hier! Il paraît que Jenny a oublié de la porter dans ma chambre.

AMANT.

C'est tout ce qui faut : passons dans l'appartement à côté, et là nous allons nous préparer.

TILCY, *prenant le carton et donnant le bras à Amant.*

Allons. *(Ils sortent à droite.)*

SCÈNE VIII.

GROS-PIERRE, *seul, entrant par le fond.*

Où diable a passé cet original *(se tournant de tous côtés)*, de Monsieur? Il est parti. *(Cherchant sous la table.)* Il a mangé le chapon sans pain, car voilà le morceau que j'avais coupé tout entier. Chut! le voilà; jentends du bruit.

SCÈNE XI.

GROS-PIERRE, LEMBERTIN, AMINTHE, *entrant par la gauche.*

AMINTHE, *en bourgeois.*

Que me voulez-vous M. Lembertin?

LEMBERTIN.

Vous entretenir un moment. *(Se tournant, voyant Gros-Pierre.)* Que fais-tu ici?

GROS-PIERRE.

Je venais pour apporter du vin à ce Monsieur qui était ici: il paraît qu'il est parti.

LEMBERTIN.

Non, non, rassure-toi; il était avec moi tout à l'heure.

GROS-PIERRE.

Il a mangé tout le chapon.

LEMBERTIN, *étonné.*

Réellement!

GROS-PIERRE.

Sans pain encore.

AMINTHE.

Quel est cet étranger ?

LEMBERTIN.

Un de mes amis. *(A Gros-Pierre.)* Laisse-nous un instant.

GROS-PIERRE.

Oui, Monsieur. *(A part.)* Il vont parler de mariage. *(Il sort.)*

SCENE X.

LEMBERTIN, AMINTHE.

LEMBERTIN, *allant fermer la porte.*

Mettez-vous, mon ami.

AMINTHE.

Ne faites pas attention, Monsieur. *(Bas.)* Quel air froid? que veut-il me dire?

LEMBERTIN, *prenant deux chaises, lui en présentant une.*

Voici un siége.

AMINTHE.

Que de bontés, Monsieur; j'aurais pu vous éviter cette peine.

LEMBERTIN, *s'asseyant.*

Approchez-vous, mon ami.

AMINTHE, *s'approchant.*

Oui, Monsieur. *(A part.)* Il est bien long à commencer.

LEMBERTIN, *froidement.*

J'ai une proposition à vous faire.

AMINTHE.

(Bas.) Qu'elle est-elle ? *(Haut.)* Une proposition ?

LEMBERTIN.

Oui : y consentirez-vous ?

AMINTHE.

Oui, Monsieur, pourvu que ce soit acceptable.

LEMBERTIN.

Bien : je connais votre complaisance, votre désir d'être utile.

AMINTHE.

Pour vous, que ne ferait-on pas?

LEMBERTIN.

(À part.) Lorsqu'il saura ce que c'est que cette proposition.... *(Haut.)* Charmant enfant! *(Bas.)* Je n'ose lui dire; je crains son désespoir. Allons, du courage! *(Haut.)* Ce matin je vous ai donné ma parole.

AMINTHE, *étonné.*

Eh bien, oui! vous me l'avez donnée; j'y compte.

LEMBERTIN, *doucement.*

Lorsque je vous l'ai donnée, je n'avais pas réfléchi.

AMINTHE, *vivement.*

Est-ce que vous voudriez....

LEMBERTIN.

Revenir sur ma parole.

AMINTHE.

Quoi! vous ne voudriez pas....

LEMBERTIN.

Je vais vous dire. Il y a vingt ans au moins que je fis la promesse à un de mes amis que si jamais je venais à avoir une fille, je la lui donnerais pour épouse; depuis cette époque, je ne l'avais ni vu ni n'avais entendu parler de lui, que ce matin, qu'il s'est présenté devant moi pour me réclamer ce que je lui avais promis.

AMINTHE.

Et vous lui avez dit que vous aviez une fille?

LEMBERTIN.

Non, il le savait.

AMINTHE, *vivement.*

Vous lui avez dit que vous la lui feriez épouser?

LEMBERTIN.

Je n'avais pas besoin, la lui ayant promise depuis long-temps.

AMINTHE.

C'est-à-dire qu'il l'épousera?

LEMBERTIN.

Il n'y a pas de doute.

AMINTHE, *étonné.*

Vous donnerez votre consentement?

LEMBERTIN.

Oui.

AMINTHE.

Et moi, que ferais-je?

LEMBERTIN.

Vous vous en passerez.

AMINTHE, *se levant vivement.*

Vous osez me le dire, à moi, à qui ce matin vous l'avez promise? Malheureux homme! vous ne savez pas à quoi vous vous exposez.... (*Bas.*) Modérons-nous. (*Haut, plus doucement.*) Depuis six ans que j'aime votre fille, que je l'adore, que vous m'avez reçu au nombre de vos enfans, c'est aujourd'hui que vous avez consenti, que j'ai obtenu ce que je désirais, et c'est dans cette même journée que vous voulez me chasser! Que vais-je devenir?

LEMBERTIN, *réfléchissant.*

Je ne sais.

AMINTHE.

Au nom du ciel! je vous supplie : tenez votre promesse.

LEMBERTIN,

Je ne le puis : il faut penser à la plus ancienne.

AMINTHE, *les larmes aux yeux.*

Vous ne pouvez! (*Se mettant à genoux, et lui prenant une main.*) Ah, M. Lembertin! je vous prie, je vous supplie au nom de votre fille ! (*Pleurant.*) Vous voyez devant vous un enfant qui attend tout de vous, de vos bontés; qui n'a d'espoir qu'en votre fille, et qui est prêt à tout faire pour vous être agréable, excepté de voir passer dans d'autres mains celle qu'il aime. (*Pleurant de nouveau.*) Pauvre Tilcy!

LEMBERTIN.

Relevez-vous.

AMINTHE.

Renouvelez votre promesse.

LEMBERTIN.

C'est impossible.

AMINTHE, *joignant les mains.*

Vous ne fléchirez pas, Monsieur? Vous avez le cœur bien dur!

LEMBERTIN, *froidement.*

Non; il est inutile que vous restiez là.

AMINTHE, *se relevant vivement.*

C'en est trop.

LEMBERTIN.

Que voulez-vous faire?

AMINTHE.

Votre fille n'épousera pas celui que vous lui destinez.

LEMBERTIN, *fortement.*

Elle l'épousera malgré vous.

AMINTHE.

Il faudrait pour cela que je n'eusse point d'épée.

LEMBERTIN.

Pas de menaces, s'il vous plaît.

AMINTHE, *fortement.*

Je ne menace personne, mais je me vengerai du malheureux qui ose me ravir ma Tilcy.

LEMBERTIN.

Ah! ah! pas d'extravagance.

AMINTHE.

Il ne dépend que de vous.

LEMBERTIN.

De moi?

AMINTHE, *fortement.*

Remplissez vos engagemens.

LEMBERTIN.

Je veux bien les remplir.

AMINTHE.

Envers moi, que vous avez abusé.

LEMBERTIN.

Les plus anciens passent avant, vous dis-je.

AMINTHE.

Vous êtes le maître, Monsieur. Si vous envisagiez les suites vous ne tiendriez pas un pareil langage.

LEMBERTIN.

Les suites, les suites! Qu'est-ce que vous pouvez faire?

AMINTHE.

Le temps vous l'apprendra (*Bas.*) Mon Dieu, donnez-moi du courage! (*Haut, à part, pleurant.*) Tilcy, appartenir à d'autres qu'à moi! non, jamais, je le jure.

LEMBERTIN.

(A part.) Faisons lui la proposition que m'a faite Grimaudin. *(Haut, se tournant du côté d'Aminthe.)* Vous pleurez, Monsieur?

AMINTHE.

Je pense que vous ne m'en empêcherez pas.

LEMBERTIN.

Non.

AMINTHE.

C'est heureux.

LEMBERTIN.

Je trouve cela bien drôle; un soldat, pleurer! jamais cela ne s'est vu peut-être : vous, qui devriez voir tout avec sang-froid, même la mort!

AMINTHE.

Rappelez-vous, Monsieur, que les soldats ont un cœur comme les autres; ce sont des hommes, et c'est assez vous dire. J'ai eu et j'aurai, quoique jeune, du sang-froid dans les combats; mais je ne peux voir aller l'objet que j'aime, le seul que je chérisse au monde, dans d'autres bras que dans les miens, après m'avoir été promis, sans verser des larmes : elles me coûtent cher, car ce sont les premières que je répands depuis mon sortir de l'enfance; et je crois ne pouvoir mieux les verser que pour ma Tilcy, votre fille.

LEMBERTIN.

(A part.) Pauvre jeune homme! Proposons-lui. *(Haut.)* Tenez, mon ami, je vous ai toujours aimé, estimé et chéri; pour vous le prouver, je vais partager mes faveurs entre vous et votre rival. Je vous donne un avantage bien grand sur lui, c'est que vous aurez le choix, ou plutôt je vais le faire pour vous, ayant plus d'expérience, et sachant mieux ce qu'il vous faut : je sais que vous n'êtes pas riche, né de pauvres parens, mais honnêtes, ce qui est une richesse; vous n'aurez tout au plus que cinq mille francs de dot en mariage; c'est une modique somme pour vivre à la ville; une femme sans fortune ne vous conviendrait nullement; elle pourrait vous plaire, mais cela ne suffit pas : dans vos intérêts, je vous conseille de ne pas faire un mariage semblable.

AMINTHE.

(A part.) Où veut-il en venir? *(Haut.)* Monsieur, l'amitié vaut la plus grande fortune à mes yeux : que me destinez-vous?

LEMBERTIN.

Je te destine la dot que je veux faire à ma fille : je te la compterai aujourd'hui.

AMINTHE, *joyeux.*

Vous consentez donc?

LEMBERTIN, *étonné.*

Oui, mon ami. Tu acceptes, toi aussi?

AMINTHE.

Pouvez-vous me faire une pareille demande, Monsieur? Permettez que je vous baise la main. *(Mettant un genou à terre.)* Le ciel a donc exaucé mes vœux!

LEMBERTIN, *le relevant.*

Ah, mon ami! que je suis aise de vous voir tous trois heureux, ainsi que moi, ainsi que moi qui remplis mes promesses.

AMINTHE, *étonné.*

Comment, tous trois?

LEMBERTIN.

Oui, tous trois : vous, ma fille, et son mari.

AMINTHE.

Son mari n'est qu'une seule et même personne, j'espère?

LEMBERTIN.

Parbleu!

AMINTHE.

Qu'entendez-vous par trois?

LEMBERTIN.

J'entends toi, ma fille et mon ami.

AMINTHE, *étonné.*

Votre ami! celui qui voulait épouser Tilcy? Il ne la voulait donc pas pour épouse?

LEMBERTIN.

Il la veut bien encore : il l'aura puisque vous venez d'y consentir.

AMINTHE, *très-étonné.*

Consentir! Qui a consenti?

LEMBERTIN.

Vous : vous venez d'accepter la dot ; je vous l'ai proposée, croyant qu'elle vous convenait mieux que ma fille.

AMINTHE, *étonné.*

Qui, moi! Vous ne m'avez pas mis au choix, Monsieur; vous ne m'avez parlé que de la dot : croyant que vous ne me la donniez pas sans votre fille, j'ai dit oui, j'ai accepté; mais je reviens sur cela; vous m'avez trompé : vous aviez donc la douce idée que j'accepterais votre proposition? Il n'y a pas de doute, puisque vous me l'avez faite. Moi, recevoir de l'argent pour oublier ce que j'ai de plus cher! Ah! cette idée me fait horreur! Vous ne me connaissez pas, Monsieur; j'ai l'ame trop fière, trop élevée pour me rabaisser ainsi; je suis pauvre, je m'en fais une gloire, et je tâcherai, autant qu'il me sera possible, de conserver le vieil honneur de ma famille. Vous m'auriez pris pour gendre, Monsieur, sachant que c'était pour votre richesse que je le devenais? Ah!

(Levant les yeux au ciel.)

LEMBERTIN.

Et pourquoi pas! qui aurait empêché?

AMINTHE, *indigné.*

Pensez-le et ne le dites pas, je vous supplie; vous croyez donc que c'est l'argent qui fait que j'aime votre fille! *(S'arrêtant un moment.)* Détrompez-vous, Monsieur, je n'y ai jamais pensé.

LEMBERTIN, *doucement.*

Non,.... je ne l'ai pas cru.

AMINTHE.

De quelle manière dites-vous cela? Tout m'annonce que vous le croyez. Eh bien! pour vous prouver votre erreur, je renonce à toute votre fortune, à tout ce qui peut venir de vous, pourvu que je sois sûr d'avoir ma Tilcy pour épouse.

LEMBERTIN.

Il se pourrait! Ma fille est à vous.

AMINTHE.

Vous me le promettez?

LEMBERTIN.

Oui, sans la dot.

AMINTHE.

Ne m'en parlez plus; vous voudriez me la donner que je la refuserais; elle me serait en horreur en me rappelant qu'on a cru que c'était pour elle que j'aimais.

LEMBERTIN.

Digne enfant! viens m'embrasser.

AMINTHE, *tombant à genoux.*

Ah! mon second père!

LEMBERTIN, *relevant Aminthe.*

Sortons; je crois entendre du bruit: que personne ne nous voie en cet état. *(Ils sortent par le fond.)*

ACTE DEUXIÈME.

SCENE PREMIERE.

AMANT, TILCY, JENNY.

AMANT, *en femme, donnant le bras à Tilcy.*

Comment me trouves-tu, Tilcy? N'est-ce pas? je suis bien.

TILCY.

A merveille! On jurerait que tu es une femme : tu es bien fait. Tourne-toi.

AMANT, *riant, en tournant.*

Il y a pourtant de la différence.

TILCY, *lui prenant les côtés.*

Vois comme il est pincé, Jenny?

AMANT.

Je ne suis pas plus gros que toi.

JENNY.

La taille est un peu trop courte, mais autrement....

TILCY.

Cela ne fait rien; on n'y regarde pas de si près.

JENNY, *montrant les cheveux d'Amant.*

C'est un tour que vous lui avez mis, Mademoiselle?

TILCY.

Oui, il lui va bien; cela lui fait paraître la figure plus petite. Ce serait une jolie femme, n'est-ce pas, Jenny?

AMANT, *riant.*

Pas de complimens, s'il te plaît : ne te joue pas des gens à leur nez.

TILCY, *l'embrassant.*

Tu crois?

AMANT.

Je veux danser, entends-tu?

TILCY.

Je te demande la première contredanse.

AMANT.

Tu n'y penses pas? je suis une femme; du moins j'en ai la tournure, et deux femmes ne peuvent pas danser ensemble.

TILCY.

Je te crois toujours un homme.

AMANT.

Je le suis en effet, à ce que je crois; mais je n'en ai pas le costume, et tu sais que le costume fait tout dans ce temps-ci. Mais, écoute : pour bien nous amuser, il ne faut pas me faire connaître à personne.

TILCY.

Tu as raison : pas même à Aminthe.

AMANT.

Pourquoi plus à lui qu'à un autre?

TILCY, *étonnée*,

Est-ce que je dois lui cacher quelque chose? C'est mon mari, ou du moins il va l'être.

AMANT, *étonné*.

C'est-à-dire que tu lui diras tout ce que tu feras?

TILCY.

Il n'y a pas de doute.

AMANT.

Eh bien! tu seras la seule, car les femmes ne disent jamais ce qu'elles font à leur mari; elles s'en gardent bien; pas même à leur confesseur, qui devrait être leur premier confident, selon l'usage. Je ne dis pas pour cela qu'elles feraient bien de leur dire, au contraire; ce serait une grande sottise de leur part si elles le faisaient.

TILCY.

Je suis bien différente des autres, tu ne sais pas.

AMANT.

En quoi es-tu différente?

TILCY.

C'est que moi j'aimerai mon mari, et que les autres, en général, ne les aiment pas.

JENNY.

C'est vrai, Monsieur; Mademoiselle a raison.

AMANT.

Qui t'a si bien instruite?

TILCY, *riant*.

Ah! quelqu'un, une personne.

AMANT.

Je ne peux pas connaître cette personne?

TILCY.

Ah! mon Dieu, si! je n'ai rien de caché pour toi. C'est Madame Louis, qui me dit l'autre jour qu'elle aimait autant voir le diable que de voir son mari : par là je conclus qu'elle ne l'aimait pas : ce qui me le prouva, c'est qu'elle me dit qu'elle faisait chambre à part. Moi, je ne veux pas cela quand je serai mariée.

JENNY.

Vous avez bien raison, Mademoiselle; vaudrait autant rester fille : je suis de votre avis.

AMANT.

Voyez l'autre ! *(A Tilcy.)* Elle t'a dit cela? lui as-tu demandé qui elle aimait?

TILCY.

Je n'ai pas eu besoin; elle me l'a dit : c'est un joli brun, un bel homme, bien fait, qui se nomme Amant, comme toi : mais elle m'a assuré que ce n'était pas toi.

AMANT.

Je le crois bien. *(A part.)* Elle m'aime! c'est bon à savoir. *(Haut.)* Pourquoi n'aime-t-elle pas son mari?

TILCY.

D'abord, parce qu'elle aime le joli brun, et ensuite que c'est la mode, à ce qu'elle me dit toujours; elle me dit même que j'en ferais autant. Oh! cela me fait mettre en colère! moi, qui me semble que j'aimerai ce pauvre Aminthe jusqu'à la mort?

AMANT.

C'est une vieille méchante, Madame Louis; il ne faut pas l'écouter. *(A part.)* Ne disons rien : je suis entre ma sœur et ma maîtresse.

TILCY.

J'entends quelqu'un qui s'avance à grands pas : écoutons.

SCENE II.

AMANT, TILCY, JENNY, GRIMAUDIN.

GRIMAUDIN, *entrant, son chapeau à la main.*

Ouf! qu'il fait chaud à se promener. Hola! quelqu'un!

JENNY.

Qui demandez-vous, Monsieur?

GRIMAUDIN.

Je demande un domestique pour m'apporter des rafraîchissemens.

AMANT, *à Tilcy.*

Quel est cet original? tu le connais?

TILCY.

Non; quelle mine il a!

JENNY.

Ne pourriez-vous pas parler plus honnêtement, Monsieur? Je trouve bien extraordinaire que vous vous permettiez d'entrer ici de cette sorte! A qui voulez-vous parler?

GRIMAUDIN.

Que t'importe! Je suis maître ici : Lembertin m'a donné plein pouvoir.

JENNY.

A la bonne heure : que ne l'avez-vous dit plutôt.

GRIMAUDIN.

Va me chercher une bouteille de vin.

JENNY.

Demandez à ces dames si elles veulent le permettre.

GRIMAUDIN.

Qui, ces dames! où sont-elles? *(Se tournant.)* Comment les appelles-tu?

JENNY.

L'une est la fille de mon maître, M. Lembertin, et l'autre une amie de sa fille.

GRIMAUDIN, *bas, à Jenny.*

Laquelle est la fille de....

JENNY, *montrant Tilcy.*

Celle à droite.

GRIMAUDIN, *s'inclinant profondément, en s'avançant.*

Mesdames, veuillez bien me pardonner si je ne vous ai présenté mes hommages plus tôt. *(S'adressant à Tilcy.)* C'est à Mademoiselle Lembertin que j'ai l'honneur de parler?

TILCY.

Non, Monsieur; c'est à son amie. *(En montrant Amant.)* La voici.

GRIMAUDIN, *à Amant.*

Veuillez m'excuser, Mademoiselle : je n'avais pas l'avantage de vous connaître.

AMANT, *parlant à demi-voix.*

Vous vous trompez, Monsieur; je ne suis point Mademoiselle Lembertin.

GRIMAUDIN, *à Jenny.*

Enfin, laquelle des deux est la fille de ton maître?

JENNY, *indécise.*

C'est...., c'est.... ; vous allez le savoir tout à l'heure. *(A part.)* Nous allons avoir la comédie.

AMANT, *bas, à Tilcy.*

Tu t'amuses, je crois? Tu me l'envoies, que veux-tu que je lui dise?

TILCY.

Réponds à ses questions : tu n'as pas besoin d'autre chose.

GRIMAUDIN, *s'adressant à Amant et à Tilcy.*

Je prie Mademoiselle Lembertin, au nom de son père, de vouloir bien se faire connaître.

TILCY, *montrant Amant.*

La voilà, Monsieur; je ne vous trompe pas. Mademoiselle, n'étant pas ennemie de la gaîté, s'est permis de vous dire qu'elle n'était point la fille de M. Lembertin : vous voudrez bien lui pardonner cette petite étourderie, c'est encore un enfant. *(A part, riant.)* Je ne peux continuer.

GRIMAUDIN.

On pardonne tout, Mademoiselle, à celle que l'on aime. *(A part.)* Elle est diablement laide pour une femme! Je préférerais bien l'autre : mais elle a des écus; c'est ce que je demande.

TILCY, *à Amant.*

Vois, quel compliment! Dis que tu n'es pas heureux!

GRIMAUDIN, *montrant Amant.*

Pourrais-je avoir un entretien avec Mademoiselle?

TILCY, *à Amant.*

Aie donc l'air de faire la prude; dis que tu ne veux pas rester seule avec lui. *(A Grimaudin.)* Mon Dieu, oui, Monsieur.

GRIMAUDIN.

Serais-je assez heureux?

AMANT, *bas à Tilcy, riant.*

Je ne peux rester seul ici; il me serait impossible de ne pas me faire connaître.

GRIMAUDIN, *à Amant.*

Vous consentez, Mademoiselle?

AMANT.

Non, Monsieur; que pourrait dire mon père? et d'ailleurs, la bienséance. *(Souriant.)*

GRIMAUDIN.

Ne craignez rien, Mademoiselle; c'est avec sa permission : je ne me le serais pas permis autrement....

TILCY, *à Amant.*

C'est différent : tu peux rester mon ami; *(se reprenant vivement)* mon amie. *(Bas à Amant.)* Reste avec lui : nous allons nous cacher pour tout entendre; nous allons rire. *(Haut, à Grimaudin.)* Nous allons sortir., Monsieur.

GRIMAUDIN.

Je suis au désespoir, Mademoiselle, de vous renvoyer ainsi : des raisons, que vous connaîtrez plus tard, m'y forcent.

TILCY, *courant et riant avec Jenny.*

Très-bien, très-bien : je vous souhaite du plaisir.

(Elles sortent.)

SCÈNE III.

GRIMAUDIN, AMANT.

GRIMAUDIN, *prenant la main d'Amant.*

Maintenant, Mademoiselle, que nous sommes seuls, veuillez me dire votre petit nom.

AMANT.

Mon nom! pourquoi?

GRIMAUDIN.

Je vous le dirai : répondez à ma demande.

AMANT.

Je ne peux.

GRIMAUDIN.

Si vous ne voulez pas me le dire, j'en instruirai votre père.

AMANT.

Pour vous en éviter la peine, je m'appelle Tilcy.

GRIMAUDIN, *avec un air décidé.*

Eh bien! Tilcy, m'aimez-vous?

AMANT.

(A part.) C'est un aliéné. *(Haut.)* Non.

GRIMAUDIN.

Vous croyez ne pas m'aimer dans quelque temps?

AMANT.

Dans quelque temps, je ne dis pas.

GRIMAUDIN.

Il est bon de te dire, ma bonne amie....

AMANT, *en colère.*

Je trouve bien étonnant que vous vous permettiez de me tutoyer.

GRIMAUDIN.

Que veux-tu : entre mari et femme....

AMANT, *riant.*

Que dites-vous?

GRIMAUDIN, *ouvrant les bras pour le prendre entre ses bras.*

Je t'épouse, ma petite amie! je t'aime, je t'aime à la folie!

AMANT, *riant, et le poussant contre un mur.*

Veuillez vous retirer, Monsieur l'impertinent!

GRIMAUDIN.

Oh! oh! doucement! Tu te fâches, je crois : faisons la paix. *(Le prenant entre ses bras.)* Embrassons-nous.

AMANT.

Je me fâcherai tout à fait, si cela continue.

GRIMAUDIN.

Doucement! Une femme, se fâcher contre son mari? Fi donc! *(Persistant à vouloir l'embrasser.)* Voilà ta punition. *(L'ayant embrassé.)*

AMANT, *lui donnant un soufflet.*

Voilà la mienne, à mon tour. Elle est meilleure, n'est-ce pas? Qui m'a donné un ennuyeux comme cela?

GRIMAUDIN, *se retirant, portant sa main à sa figure.*

Ouf! elle a une main d'homme!

AMANT.

Il se pourrait. Portez ce soufflet à la cuisine.

SCÈNE IV.

GRIMAUDIN, AMANT, TILCY.

TILCY, *entrant doucement dans le fond de la salle.*

Ecoutons ce curieux entretien.

GRIMAUDIN, *s'approchant d'Amant.*

Tu es méchante, ma petite femme ; car tu es ma femme. Oh! oui : ton père y consent.

AMANT, *riant.*

(A part.) Il est fou : amusons-nous. *(Haut.)* Il serait possible?

GRIMAUDIN.

Si possible, que le contrat se passe aujourd'hui.

AMANT, *feignant d'être étonné.*

Il se pourrait. *(A part.)* Quelle comédie, s'il venait à le faire! Je vais lui donner mon consentement.

GRIMAUDIN.

Tu y consens, n'est-ce pas?

AMANT, *avec timidité.*

Oui; je ne peux aller contre la volonté de mon père.

GRIMAUDIN.

Tu as été promise à un autre?

AMANT.

(A part.) Que veut-il dire? *(Haut.)* Oui.

GRIMAUDIN.

Tu l'aimais beaucoup?

AMANT.

Beaucoup.

TILCY, *à part.*

Mon père lui aurait-il parlé de moi? Je tremble : écoutons.

AMANT.

(A part.) Il me prend pour Tilcy. *(Haut.)* Combien m'apportez-vous en mariage?

GRIMAUDIN.

Beaucoup de choses.

AMANT.

Citez-moi un article.

GRIMAUDIN.

Le principal article c'est ma personne.

AMANT.

Ah! c'est vous, le principal? Le reste ne doit rien valoir, si vous êtes le meilleur. S'il en est ainsi, je ne vous veux pas pour époux.

TILCY, *à part.*

Ce serait amusant, s'il faisait passer contrat.

GRIMAUDIN, *étonné.*

Quoi! tu ne me veux pas? tu as consenti; maintenant il n'est plus temps; j'ai ta parole; la parole d'une femme est sacrée : si c'était celle d'un homme, je ne dis pas.

AMANT.

Eh! bien, c'est celle d'un homme. Elles ne valent rien celles des hommes maintenant. Les voici, les voilà; ils promettent, ne tiennent pas : je suis comme cela. Je ne veux pas : je suis une femme d'une construction différente des autres.

GRIMAUDIN.

Soit, soit; tout ce que tu voudras; j'ai ta parole : je vais faire passer le contrat de suite. *(Il sort en courant.)*

SCÈNE V.

AMANT, TILCY.

AMANT, *se tenant les côtés en riant.*

Ah! ah! le voilà donc enfin parti. Dis-moi, Tilcy, n'est-tu pas de mon avis? je le crois fou.

TILCY.

Un peu. Vois si j'étais restée avec lui, qu'aurais-je pu lui répondre ?

AMANT.

Tu as tout entendu et vu?

TILCY.

Oui.

AMANT.

Où papa peut-il avoir connu un pareil homme?

TILCY.

Je ne sais.

AMANT.

Il a l'air misérable.

TILCY.

Il a de mauvais vêtemens qui ne valent pas vingt sous. Papa ne m'en a jamais parlé.

AMANT.

Ni à moi non plus. Il me tarde de le voir pour lui demander où il l'a connu.

TILCY, *riant.*

Et moi pour lui donner à deviner la personne qu'il aura pour brue. Qu'entends-je? une voiture qui arrive. Ce sont mes amies qui viennent me chercher : prépare-toi, mon ami, à venir nous rejoindre. *(Avec un air empressé.)* Je cours les recevoir.

AMANT.

Sois sûre, au moins, que ce soient elles.

TILCY.

Tu as raison *(courant à la croisée, à droite)*; cela m'évitera la peine d'y aller, si ce ne sont pas elles. *(Ouvrant.)* Je ne vois rien, si ce n'est un cabriolet qui s'éloigne d'ici avec vitesse sur la grande route. Viens voir.

AMANT.

Voyons. *(Allant voir.)* Tu ne reconnais point ce cabriolet, ou du moins le cheval?

TILCY.

Non.

AMANT.

C'est celui de papa. Où diable peut-il aller à cette heure ci?

TILCY.

Chez Aminthe, peut-être?

AMANT..

Il y a été ce matin. *(Entendant frapper.)* Qui est là?

SCÈNE VI.

AMANT, TILCY, JENNY, GROS-PIERRE.

JENNY, *entrant à gauche et pleurant.*

C'est moi, Mademoiselle.

TILCY, *étonnée.*

Qu'as-tu? *(A Gros-Pierre, qui est entré par la droite.)* Et toi, Gros-Pierre, tu pleures aussi? Qu'avez-vous donc tous les deux?

AMANT, *riant.*

Les voilà tous les deux en pleurs.

JENNY.

Vous allez me gronder, Mademoiselle!

GROS-PIERRE, *à Amant.*

Vous allez me chasser, Monsieur.

TILCY.

Qu'est-ce qu'il t'est arrivé, Jenny?

AMANT, *à Gros-Pierre.*

Explique-moi ce que c'est.

JENNY *et* GROS-PIERRE, *à la fois.*

Je vais vous dire.

AMANT.

L'un après l'autre. Commence ton récit, Jenny.

JENNY.

J'ai peur....

TILCY.

Je te jure que je ne dirai rien.

JENNY, *pleurant.*

Eh bien! un homme qui a voulu......

AMANT.

Qu'a-t-il voulu te faire?

JENNY.

Il a voulu m'embrasser.

AMANT.

Tu n'as pas voulu?

JENNY.

Non, pas ma foi! un vilain homme!

TILCY.

Quel est-il?

JENNY.

Celui qui était ici tout à l'heure avec M. Amant.

TILCY, *riant, à Amant.*

Ton prétendu, et tu souffres cela?

AMANT, *riant.*

Enfin qu'en est-il résulté?

JENNY.

Il s'est mis en colère.

AMANT.

C'est pour cela que tu pleures?

JENNY.

S'il n'avait fait que cela!

TILCY,

Enfin, parle : il a cassé quelque chose? il t'a battue? Vite : allons!

JENNY, *toujours pleurant.*

Il n'a fait ni l'un ni l'autre ; il a.....

AMANT.

Je vais me fâcher, si tu n'achèves pas.

JENNY.

Je vous supplie... Je vais tout vous dire : il a ouvert la cage où étaient vos serins.

TILCY, *avec vivacité.*

Ils sont partis ?

JENNY.

Eh oui! pauvres oiseaux !

TILCY.

Que ne t'es-tu laissée embrasser mille fois! Voyez ce que c'est ! c'est moi qui suis dupe de sa résistance. Tu ne sais pas de quel côté ils sont allés?

AMANT.

Non, Mademoiselle.

TILCY.

Pauvres oiseaux! moi qui y tenais tant!

AMANT.

Console-toi : je t'en donnerai d'autres.

TILCY, *à Jenny.*

Comment tu n'as pas pu lui empêcher d'ouvrir la cage ?

JENNY.

Il a voulu me battre, lorsque je m'y suis opposée. Il m'a dit qu'il était maître de tout ce qui vous appartenait; qu'il vous épousait.

TILCY.

Joliment! il va m'épouser! Enfin il faut se consoler.

AMANT, *à Gros-Pierre.*

Allons, toi, commence ton histoire, et ne sois pas aussi long que Jenny ?

GROS-PIERRE.

C'est une plus grande perte que les serins, je vous jure.

AMANT.

Elle serait d'un million, qu'il faudrait prendre son parti.

GROS-PIERRE.

Vous avez vu cet étranger qui est ici, un ami de votre père?

AMANT.

Oui.

GROS-PIERRE.

Ce malheureux est venu à l'écurie, et m'a dit de lui préparer un cabriolet.

AMANT.

Tu l'as fait?

GROS-PIERRE.

Il n'y a pas de doute. Il a pris votre neuf.

AMANT.

Le mien? où va-t-il?

GROS-PIERRE.

Il va à la ville faire passer son contrat avec Mademoiselle Tilcy.

AMANT.

Il t'a dit qu'il reviendrait?

GROS-PIERRE.

Je ne m'en suis pas informé.

AMANT.

Maladroit! tu es bien bête d'aller prêter un cabriolet à un homme que tu ne connais pas. S'il le garde pour lui, s'il le vend, que feras-tu?

GROS-PIERRE, *pleurant.*

Je suis bien malheureux!

AMANT.

Par ta faute.

GROS-PIERRE.

Monsieur, il est venu à l'écurie; il m'a dit la même chose qu'à Jenny : qu'il allait se marier; je n'osais pas lui demander de quelle part il venait; je craignais qu'il me battît, ce qu'il a fait la même chose, parce que je n'allais pas assez vite à préparer le cheval: j'ai le bras tout meurtri.

AMANT.

Tu es donc un poltron? tu avais peur?

GROS-PIERRE.

Je craignais de vous fâcher, ainsi que votre père.

AMANT.

Tu aurais bien pu l'assommer, que je ne t'aurais rien dit.

GROS-PIERRE.

Mon Dieu ! me répends-je de ne l'avoir bien frotté avec mon étrille!

JENNY.

Et moi avec mon balai!

AMANT, *à Tilcy.*

Un cabriolet que j'avais acheté pour toi! je voulais t'en faire présent le jour de ton mariage. Mon Dieu ! vois si c'est désagréable; il faut que ce soit un mauvais sujet qui en ait l'étrenne. (*Se croisant les bras.*)

TILCY, *riant.*

Frotte-lui les oreilles lorsqu'il arrivera, en qualité de sa femme.

AMANT.

Je ne sais ce qu'en fait mon père ici ; je le congédierai s'il m'ennuie.

TILCY.

Tu feras bien: il pourrait nous causer quelques désagrémens. Si mon père était dans son cabinet, j'irais lui en parler.

JENNY.

Il y est, Mademoiselle; je viens de lui parler.

TILCY.

Que t'a-t-il dit?

JENNY.

Il ne m'a pas répondu ; il est de mauvaise humeur.

TILCY, *à Amant.*

Que peut-il avoir? je vais l'aller trouver.

AMANT.

Reviens ici. *(Elle sort par le fond; Jenny et Gros-Pierre par la droite.)*

SCENE VII.

AMANT *seul.*

Qui vient de ce côté? j'entends du bruit. Serait-ce mon père? non ce n'est pas sa marche.

SCÈNE VIII.

AMANT, AMINTHE.

AMANT, *courant à la rencontre d'Aminthe, gaîment.*

Ha! c'est toi, mon ami! adieu! *(lui donnant la main.)* Comment ça va! Que n'es-tu arrivé demi-heure plus tôt? nous nous serions amusés.

AMINTHE, *tristement.*

J'y pense ma foi bien je te répond? Qu'est-ce que signifie le costume que tu as là?

AMANT.

Cela signifie que toi et moi nous sommes de bal ce soir, et que tu dois être mon cavalier.

AMINTHE.

Je suis bien en train d'aller au bal! Je viens de pleurer tandis que vous vous amusiez.

AMANT, *riant.*

Tu plaisantes? pleurer! ce serait bien beau?

AMINTHE.

C'est comme je te dis.

AMANT, *lui prenant la main.*

Quels chagrins as-tu, mon ami?

AMINTHE.

Ils sont bien grands, je le jure !

AMANT.

Que t'est-il arrivé? ton père est-il mort, ta tante, ton oncle?

AMINTHE.

Personne n'est mort. Tu ne pourrais jamais te douter de ce que c'est, si on ne te l'a pas dit.

AMANT.

Parle vite, allons!

AMINTHE.

Ton père ne veut pas....

AMANT, *vivement.*

Que ne veut-il pas ?

AMINTHE.

Il ne veut pas mon mariage avec ta sœur.

AMANT, *étonné.*

Cela se peut-il? après t'avoir promis !

AMINTHE.

Il veut marier Tiley à un étranger qui est ici.

AMANT, *en colère.*

A ce misérable ! Je le connais ! où est-il? je veux le voir, le punir ! *(Doucement.)* Ma sœur appartenir à un homme comme cela !

AMINTHE.

Je te prie, ne fais pas de scandale ; tu finirais de rompre le mariage.

AMANT, *vivement.*

Il n'est donc pas décidé? explique-toi. Tu m'as dit tout à l'heure que mon père ne voulait pas le mariage : maintenant, tu me dis de ne pas le rompre?

AMINTHE.

Il n'a jamais la même parole! Il m'a fait venir ici ce matin, et m'a dit qu'il ne me voulait pas pour gendre; à force de supplications de ma part, il me promit de nouveau Tilcy; et, il y a un quart d'heure, dans le jardin, il m'a dit que peut-être je l'aurais, de ne pas perdre espoir, qu'il me donnait quelques espérances.

AMANT, *en colère, fortement.*

Rassure-toi! ton mariage ne se rompra pas, je t'en donne ma parole! Rapporte-toi en moi! Que veut-il dire, des espérances? ce n'est pas ce que je veux : la réalité, et pas autre chose. Quand on donne sa parole, on doit la tenir. *(Réfléchissant.)* Quand j'y pense, mon père ne pas tenir ses engagemens? il ne se peut. Tu es bien sûr au moins, Aminthe, qu'il t'a dit qu'il ne voulait pas le mariage!

AMINTHE, *vivement.*

Foi de maréchal, je te le......

AMANT, *lui touchant le bras.*

C'en est assez; je vais lui parler, et s'il ne consent pas sur-le-champ.... *(A part.)* C'est mon père.

AMINTHE.

Contre le pouvoir on ne peut résister, comme on dit.

AMANT.

C'est ce qui te trompe; il y a quelque chose à opposer au pouvoir : c'est l'honneur; et mon père ne voudra pas me déshonorer pour plaire à un étranger tel que celui à qui il veut donner ma sœur.

AMINTHE.

Qui sait? nous sommes dans un temps si précaire.

AMANT, *fortement.*

Tu pourrais avoir une semblable opinion de mon père?

AMINTHE.

Après ce qu'il m'a dit, je ne peux en douter.

AMANT, *réfléchissant.*

Je ne peux le croire : mon père promettre et ne pas tenir! c'est impossible, lui qui m'a élevé dans les principes de l'honneur ! *(A Aminthe.)* Tu te seras mépris, tu auras mal entendu; c'est peut-être en sommeillant que tu auras rêvé cela.

AMINTHE, *désespéré.*

Tu peux encore en douter, malheureux, après mon serment? Je n'y tiens plus : tu es du complot, vous conspirez tous contre moi; vous voulez ma perte. Eh bien! je vais vous satisfaire.... Je vais me....

AMANT.

N'achève pas, misérable! Tu pourrais croire que moi, ton ami, je t'aurais trahi? Non! non! ta croyance est mal fondée, Aminthe! Un mot semblable est sorti de ta bouche! Tu n'y penses pas, tu ne sais pas ce que c'est que conspiration, complot, surtout contre un ami. Tu as dit cela sans en connaître les conséquences : tu n'es qu'un enfant. Je te pardonne, si tu me rassures.

AMINTHE.

Je ne le peux : je n'ai plus d'espoir.

AMANT, *avec indignation.*

Tu ne le peux, indigne que tu es? Tu penses ce que tu viens de dire? Eh bien! sois mon juge... Tu m'accuses de conspiration, de trahison : à quoi me condamnes-tu? Je dois subir une peine, je suis soldat : laquelle m'infliges-tu... Tu ne prononce pas?... Parle,... ou sans quoi je vais me juger moi-même : j'en ai jugé d'autres, et je saurai rendre mon arrêt... Allons, vite... Enfin, que dis-tu?... *(Attendant un moment.)* Je brûle d'impatience d'entendre mon jugement, ma condamnation.... Tu ne dis rien?... Je commence par me dégrader moi-même, en ôtant cette croix que j'ai sur la poitrine. *(Il défait sa robe et prend sa croix.)*

AMINTHE, *appuyé sur un fauteuil, se relevant.*

Qu'entends-je?... Que fais-tu?...

AMANT.

Ce que je dois faire.

AMINTHE.

Suis-je malheureux!

AMANT, *lui présentant sa croix.*

La voilà : elle m'a été donnée au champ d'honneur; garde-la en ma mémoire.

AMINTHE, *se mettant à genoux.*

Au nom du ciel! remets-la où tu l'as prise.

AMANT.

Non! non! On me juge comme traître, et je ne dois pas monter à l'échafaud avec aucun signe d'honneur.

AMINTHE.

Il se pourrait?... Moi, vivre; mon ami.... condamné....

AMANT, *le regardant, ôtant ses vêtemens de femme, et prenant ses habits militaires.*

Je ne suis pas digne d'être ton ami : je suis un conspirateur.

AMINTHE.

Que ne suis-je mort dans les combats!

AMANT.

Il y en a d'autres qui le voudraient aussi. *(Lui mettant sa croix au col.)* Garde-la.

AMINTHE, *la tête penchée dans ses mains; se relevant avec vivacité.*

Que garder? *(Voyant la croix.)* Ah ciel!

AMANT, *s'en allant.*

Adieu, misérable! adieu! Rappelle-toi le jugement que tu as rendu contre un de tes meilleurs amis.

AMINTHE, *lui tenant la main, et le suivant à genoux à la porte.*

Mon ami! tu m'abandonnes, tu me quittes; reste avec moi.

AMANT, *le laissant à genoux.*

Adieu, malheureux! *(Il sort.)*

SCÈNE IX.

AMINTHE, *à genoux à la porte, pleurant.*

Malheureux, en effet! *(Se relevant.)* Moi, condamner

un ami ? Ah ciel ! Plus d'espoir !... Il faut partir... Le malheur est ma devise. Le père me dit une chose ; le fils ne veut pas le croire : que peux-je penser, ne voulant pas s'en rapporter à moi, si ce n'est qu'il est du parti de son père, après lui avoir juré ?... Pauvre Tilcy ! qui nous aurait dit cela ce matin ? *(Soupirant.)* Qui occasionne tout ce bouleversement ? c'est cet étranger que je n'ai jamais vu. Je veux le voir,... lui parler,... le punir de son audace, avant mon départ. Me laisser enlever ma Tilcy sans me venger ? non !... Je ne peux plus rester ici, c'est fini : il ne me reste plus d'amis, plus de ressources. *(Réfléchissant.)* Non, il m'est impossible d'abandonner Tilcy sans savoir avec qui elle passera ses jours, sa vie entière. Ce que je demande, surtout, c'est qu'elle soit heureuse. Elle le mérite par ses vertus..... *(Vivement.)* Qui vient en ces lieux ?

SCÈNE X.

AMINTHE, JENNY.

JENNY, *triste*.

Est-ce vrai, Monsieur Aminthe ?

AMINTHE.

Quoi ?

JENNY.

Que vous ne voulez pas vous marier ?

AMINTHE, *vivement*.

Qui t'a dit cela ?

JENNY.

Ne vous emportez pas ! vous me faites peur.

AMINTHE, *agité*.

Parle vite : qui te l'a dit ?

JENNY.

Mon Dieu ! que vous êtes pressé.

AMINTHE.

Je t'en prie.

JENNY.

M. Lembertin, que je viens de voir dans le jardin.

AMINTHE, *étonné.*

Il se pourrait? *(A part.)* Il veut ma mort, je l'ai toujours dit. *(Pleurant.)*

JENNY.

Qu'avez-vous? vous pleurez?

AMINTHE.

Laisse-moi un moment.

JENNY.

Qui peut vous faire verser des larmes?

AMINTHE.

Ne me fais pas de questions.

JENNY.

Monsieur?

AMINTHE.

Tais-toi!

JENNY, *à part.*

Il pleure! Maman qui me disait toujours qu'un soldat ne pleurait jamais : je vois qu'elle se trompait, la bonne vieille.

AMINTHE, *à part, la voix entrecoupée de sanglots.*

Malheureux Aminthe! c'est pour ton malheur que tu as connu Tilcy,.. que tu l'aimes,.. que tu lui es attaché! Qui m'aurait dit que celle qui a fait mon bonheur pendant six ans, causerait ma perte; car il n'y a pas de doute qu'elle consent à épouser l'étranger. *(Réfléchissant.)* Je l'accuse à tort : cette pauvre enfant est innocente.... Je veux le savoir, je veux lui parler, lui faire mes adieux pour toujours; car, si je pars, je ne reverrai jamais ces lieux, témoins de mes disgraces. *(Se penchant sur sa chaise.)*

JENNY, *à part.*

Comment faire pour lui parler, moi qui voudrais savoir pourquoi il ne veut pas se marier? Essayons. *(A Aminthe.)* Monsieur Aminthe?

AMINTHE.

Qui m'appelle ?

JENNY.

Vous venez de me parler : désirez-vous quelque chose ?

AMINTHE.

Tu es dans l'erreur : je ne t'ai point appelée.

JENNY.

Comme vous voudrez. Je pense à une chose : j'avais oublié de vous dire que ma maîtresse vous fait dire bien des choses.

AMINTHE.

Elle ose encore ?... Après !...

JENNY.

Pourquoi n'oserait-elle pas ?

AMINTHE.

Après m'avoir,... c'est-à-dire son père. *(A part.)* Je la crois innocente, et je l'accuse toujours.

JENNY.

Vous vous êtes brouillé avec M. Lembertin ?

AMINTHE.

Tu le sais, il n'y a pas de doute ?

JENNY, *étonnée.*

Qui, moi ? Je n'ai entendu parler de rien ; en voilà la première nouvelle.

AMINTHE.

Le misérable !... me chasser de chez lui !...

JENNY, *étonnée.*

Quoi ! il vous a dit de sortir ?

AMINTHE.

Non ; mais il m'a dit que je n'aurais point sa fille pour épouse : c'est comme s'il m'avait dit de me retirer.

JENNY.

Que me dites-vous ? c'est lui qui ne veut pas. Il m'a dit que c'était vous : cela m'étonnait bien.

AMINTHE.

Oui, après me l'avoir promise, comme tu sais, ce matin.

JENNY.

C'est une infâmie ! Il n'en a pas parlé à Mademoiselle, autrement elle me l'aurait, elle qui ne cache rien. A qui veut-il la marier ?

AMINTHE.

A un vieil étranger qui est ici.

JENNY.

Je le connais : une vieille bête. Et vous consentez ?

AMINTHE.

Que faire contre la volonté d'un père.

JENNY.

Ah ! vous allez voir ce que je vais faire s'il ne tient pas sa parole ; je le menacerai, d'abord.

AMINTHE.

Je l'ai menacé, je l'ai pris par la douceur ; j'ai tout fait : rien ne l'a touché...... Je perds espoir......

JENNY.

Allons, du cœur, Monsieur Aminthe ! Songez que vous êtes soldat, et que vous ne devez pas perdre courage.

AMINTHE.

Je le sais ; mais je n'ai de courage que dans les combats.

JENNY.

Faites comme si vous y étiez, et vous réussirez ; rapportez-vous à moi ; vous épouserez Mademoiselle Tilcy, ou je perdrai mon nom : elle qui vous aime tant, qui ne parle que de vous.

AMINTHE.

Que feras-tu ?

JENNY.

J'irai trouver Monsieur Lembertin : je lui parlerai raison ; s'il ne veut pas m'écouter, je me fâcherai, je le menacerai : car telle que vous me voyez je suis méchante avec mon petit air tranquille : d'ailleurs, je ne suis pas femme pour des prunes.

AMINTHE, *souriant, lui prenant la main.*

Que ne te devrais-je pas, si tu venais à réussir ; mais je ne crois pas.

JENNY.

J'ai un sûr moyen pour réussir.

AMINTHE.

Quel est-il ?

JENNY.

C'est d'expédier l'étranger.

AMINTHE.

J'y pensais bien : pour le faire ce sera difficile.

JENNY.

Pas tant que vous croyez.

AMINTHE.

M. Lembertin l'aime beaucoup.

JENNY.

Il l'aimerait encore davantage que je le chasserais, et voici comment : dès ce soir même, si mon maitre ne veut pas remplir sa promesse ; j'irai dans l'appartement de l'étranger tandis qu'il dormira ; j'attraperai son pantalon ; je glisserai dans ses poches deux couverts d'argent ; puis demain matin je me plaindrai et dirai que l'on m'a volé de l'argenterie ; je ferai fouiller tout le monde, même M. Lembertin, qour éviter tout soupçon de la part de l'étranger, et lorsque son tour viendra, j'aurai l'air de dire que c'est inutile, qu'il est trop honnête homme pour avoir soustrait des cuillers, cependant, sans en empêcher ; lorsqu'on sera à passer son pantalon en revue, on trouvera les effets soi-disant volés, et là j'aurai l'air étonné : après je me mettrai en colère contre lui.

AMINTHE.

Que penses-tu, de faire une chose comme celle-là ? Accuser un homme quand il est innocent ! Malheureuse ! je le haïrais une fois autant que je le fais, que jamais je ne souffrirais que tu commisses une injustice semblable pour moi, j'aurais à me le reprocher toute ma vie.

JENNY.

On l'a fait pour moi: pourquoi ne le ferais-je pas pour vous. D'ailleurs qu'est-ce que cela vous fait? c'est moi que ça regarde, et non pas vous; si je fais mal, tant pis pour moi. Je crois bien faire en voulant assurer le bonheur de ma maîtresse : la foi nous sauve, n'est-ce pas ?

AMINTHE.

J'apprécie beaucoup tes sentimens; ils sont très-louables; mais, pour faire une bonne action, il ne faut pas en commettre une mauvaise.

JENNY.

Pour ma maîtresse et pour vous, je ferais tout; je me damnerais même s'il le fallait.

AMINTHE.

Tu es bien bonne, ma chère Jenny; je t'aime comme ma sœur: c'est pour cela que je ne veux pas te laisser exécuter tes projets.

JENNY.

Vous ne voulez pas? c'est très-bien, Monsieur : il paraît que vous n'aimez plus Mademoiselle Tilcy ?

AMINTHE.

Que dis-tu? je ne l'aime plus? Tu juges bien mal mes paroles, parce que je ne veux pas te laisser commettre une infâmie : tu.....

JENNY.

Une infâmie? mais en quoi? chasser un homme parce qu'il trouble une maison; le faire mettre en prison, le faire pendre s'il le mérite: eh bien! quel mal y a-t-il à cela?

AMINTHE.

Il paraît que tu n'as ni religion ni ame.

JENNY.

C'est ce qui vous trompe, Monsieur : je devrais en avoir comme deux au moins.

AMINTHE.

Tu ne le montres pas.

JENNY.

Tout est caché chez moi. D'ailleurs comment voulez-vous que je n'aie pas de religion? j'ai été dix ans femme d'un curé.

AMINTHE.

Cela te fait beaucoup d'honneur.

JENNY.

Je me suis trompée, femme de chambre.

AMINTHE.

Très-bien, c'est à peu près la même chose.

JENNY.

Que voulez-vous que je vous dise : j'étais tout, entre nous soit dit, cuisinière, femme de chambre, fille de peine, maîtresse; enfin j'étais tout ce que sont toutes les servantes des curés : vous m'entendez.

AMINTHE.

Nous sommes au fait. Par cette raison que tu as été la domestique d'un curé, tu n'aurais pas dû me faire la proposition de chasser cet étranger de la manière que tu veux le faire.

JENNY.

Encore une fois, qu'est-ce que cela vous fait ?

AMINTHE.

Cela me fait beaucoup ; encore plus à toi qui auras à te reprocher d'avoir fait le mal ; tandis que moi je n'aurai à me reprocher que de l'avoir vu faire et de l'avoir occasionné.

JENNY, *riant.*

Bouchez-vous les yeux , vous ne le verrez pas.

AMINTHE.

Toi qui es une fille sensée, peux-tu avoir un semblable raisonnement?

JENNY.

Je vais vous prouver que ce que je veux faire n'est pas mal.

AMINTHE.

Tu me ferais plaisir.

JENNY.

Monsieur le curé chez qui j'étais, a employé ce moyen: si c'eût été mal, il ne s'en serait pas servi.

AMINTHE.

Bonne preuve ! Pourquoi ne s'en serait-il pas servi ?

JENNY.

Parce que ces Messieurs connaissent le bien entre le mal, et que ce sont eux qui nous jugent dans ce monde.

AMINTHE.

Puisqu'ils connaissent le bien et le mal, pourquoi ne font-ils jamais de bien ?

JENNY.

Qui vous a dit cela ?

AMINTHE.

Personne : c'est moi qui le sais ; d'ailleurs, je n'ai pas besoin de te faire d'explication ; ce sont des hommes : ils sont pécheurs comme nous, et même peut-être plus.

JENNY.

Moi qui croyais qu'ils ne péchaient jamais, qu'ils étaient saints.

AMINTHE.

Comment ne veux-tu pas qu'ils péchent ? les ministres, les rois, enfin tous les grands péchent bien.

JENNY.

Je ne le savais pas, Monsieur.

AMINTHE.

C'est assez parlé de ton curé ; pensons à un autre moyen pour chasser mon rival.

JENNY.

Je vous dis que je n'en connais pas d'autre, que celui dont je vous ai parlé ; il est très-sûr : il a réussi au curé, il me réussira.

AMINTHE.

Tu veux donc faire à ta tête, et suivre l'exemple qu'il t'a

donné? Il méritait d'être pendu, pour avoir employé un moyen tel que celui-là!

JENNY.

Le pauvre homme m'aimait, que voulez-vous! Moi, j'aime ma maîtresse, et je veux le faire.

AMINTHE.

Je vois que c'est inutile de te faire des observations : fais à ta volonté.

JENNY.

Ha ! vous consentez pourtant! Je cours trouver Monsieur Lembertin.

AMINTHE.

Et moi je vais me promener pour me désennuyer.

(Il sort d'un côté et Jenny de l'autre.)

ACTE TROISIÈME.

SCENE PREMIÈRE.

LEMBERTIN, *seul.*

Il n'y a personne ; cela se rencontre bien, je serai seul : je vais réfléchir bien tranquillement, sans être interrompu. *(Approchant une chaise.)* Asseyons-nous. *(Réfléchissant un moment.)* Triste chose qu'une fille à marier, surtout quand elle a plusieurs courtisans. *(Réfléchissant de nouveau.)* Triste position où je me trouve !... Comment m'en tirer?... je ne sais.... Auquel faut-il que je donne ma fille? voilà l'embarras.... Je crois qu'il vaut mieux que j'attende mon fils : il m'aidera, me donnera son avis, nous délibérerons ensemble.... *(Réfléchissant.)* Toute réflexion faite, je n'ai besoin des avis de personne : je suis maître absolu de ma fille, et peux la donner à qui me fera plaisir; je voudrais bien voir que quelqu'un se permît de me contrarier, de dire quelque chose?... *(Réfléchissant.)* Je crains qu'Aminthe ne veuille se venger de son rival, qu'ils viennent à se battre; étant plus fort aux armes que Grimaudin, il pourrait rendre ma fille veuve : quel malheur, si cela arrivait! *(Refléchissant encore; se levant.)* Mon parti est pris; il en arrivera ce qu'il pourra : mon ami Grimaudin aura ma fille; il sera mon gendre, je le veux. Il faut que le contrat se passe de suite, et pour cela je vais écrire au notaire : cherchons du papier et de l'encre,

SCENE II.

LEMBERTIN, AMANT.

AMANT, *en uniforme militaire, entrant doucement, voyant son père, et faisant un pas en arrière.*

(A part.) Ah ciel! le voilà, mon père. Attendons un moment.

LEMBERTIN, *cherchant dans un bureau.*

Voilà du papier : c'est tout ce qu'il me faut.

AMANT, *à part.*

Que va-t-il faire?

LEMBERTIN, *s'asseyant.*

Commençons. « Monsieur,....

AMANT.

A qui écrit-il? Ecoutons.

LEMBERTIN, *lisant au fur et à mesure qu'il écrit.*

« Je vous parlai, lorsque vous vîntes me voir avec Madame » votre épouse, de mes intentions relativement au mariage » de ma fille, et vous dis que je ne tarderais pas à avoir un » gendre; le jour est enfin arrivé : c'est pourquoi je vous

» prie de vouloir bien venir aujourd'hui sans faute, pour » passer le contrat.

» Dans cette attente, Monsieur, je suis votre tout dévoué,

« Lembertin. »

C'est tout ce qu'il faut, cette lettre-là.

AMANT, *à part.*

Le contrat se passera aujourd'hui? A qui marie-t-il ma sœur?

LEMBERTIN, *tristement.*

Quelle peine j'éprouve! Je le fais avec répugnance; il me semble qu'il m'arrivera quelques désagrémens à la suite de ce mariage. Que dira mon fils lorsqu'il saura?...

AMANT, *à part.*

Il parle de moi.

LEMBERTIN.

Ce pauvre Aminthe! il me semble le voir au désespoir, lorsqu'il apprendra cette nouvelle. Moi qui lui avais donné des espérances.

AMANT, *à part, tristement.*

Le malheureux m'avait dit la vérité. *(Haut, avec force.)* Qu'entends-je? des espérances! Est-ce vous qui venez de prononcer ces mots, mon père?

LEMBERTIN, *surpris.*

D'où viens-tu? Je ne t'avais pas entendu entrer.

AMANT.

De grace, mon père, répondez à ma demande.

LEMBERTIN.

Oui, c'est moi; j'étais seul: tu vois bien que ce ne peut pas être d'autre.

AMANT, *se croisant les bras.*

Ha! c'est vous qui avez donné des espérances; et à qui?

LEMBERTIN, *à part.*

Faut-il lui dire? *(Haut.)* A Aminthe.

AMANT, *vivement.*

Que lui avez-vous fait espérer?

LEMBERTIN.

D'où viennent toutes ces questions?

AMANT.

De moi! elles me sont nécessaires : répondez-moi, je vous prie?

LEMBERTIN.

Je lui ai dit que peut-être il serait mon....

AMANT, *fortement, le prenant par le bras.*

N'achevez pas, mon père! Réfléchissez, au nom du ciel!

LEMBERTIN.

Pourquoi? On dirait que tu sais ce que j'allais dire.

AMANT, *agité.*

Oui, j'en ai entendu parler! je n'ai pu le croire. Réfléchissez, vous dis-je. C'est pour vous que je parle; car moi, votre fils, je ne pourrais vous entendre prononcer des paroles contraires à vos promesses, sans....

LEMBERTIN, *fortement.*

Tu veux m'empêcher de parler? c'est trop fort.

AMANT, *doucement.*

J'en suis bien éloigné, mon père : je vous respecte trop pour vous imposer quelque chose; mais c'est une prière que je vous fais.

LEMBERTIN.

Je suis libre de dire tout que je voudrai; personne ne m'en empêchera, entendez-vous, Monsieur? Pour vous le prouver, je vais répéter ce j'ai dit : Aminthe ne sera pas mon gendre, si cela me plaît.

AMANT.

Pouvez-vous dire cela, mon père?

LEMBERTIN.

Pourquoi ne le dirais-je pas? Je suis maître de ma fille : j'en ferai ce que je voudrai.

AMANT.

Et votre serment!

LEMBERTIN.

Mon serment! mon serment! J'avais promis....

AMANT.

A qui?

LEMBERTIN.

A un de mes amis à qui je dois beaucoup : il aura ma fille.

AMANT.

Je ne le souffrirai pas, mon père!

LEMBERTIN.

Un peu de modération, Monsieur!

AMANT.

C'est à ma sollicitation que vous promîtes la main de ma sœur à Aminthe, et maintenant vous ne voulez pas! (*Menaçant.*) Il l'aura! je le jure à mon tour.

LEMBERTIN.

Ce ne sera pas : mes résolutions sont prises.

AMANT, *en colère*

Vous persistez, mon père? vous vous repentirez.

LEMBERTIN.

Pas de menaces, je vous prie, ou sans quoi....

AMANT, *s'inclinant.*

Pardonnez, mon père, cela m'est échappé; c'est le moment de la vivacité : vous devez savoir ce que c'est que la colère, l'emportement.

LEMBERTIN.

Je le sais; mais à l'égard d'un père on ne doit jamais s'emporter.

AMANT.

Il est vrai, mon père : je ne peux me taire lorsqu'on commet une injustice en ma présence.

LEMBERTIN.

Une injustice? qu'entends-tu par là?

AMANT.

J'entends la parole que vous avez donnée à Aminthe, et que vous voulez retirer.

LEMBERTIN.

Je n'ai pas promis à Aminthe qu'il serait mon gendre; je lui ai dit seulement qu'il pourrait le devenir.

AMANT.

Vous ne vous rappelez, pas mon père.

LEMBERTIN.

Je ne perds point la mémoire en si peu de temps, ce n'est point mon habitude.

AMANT.

En toute chose il y a commencement.

LEMBERTIN.

Tu soutiendras que je lui ai promis?...

AMANT.

Oui, je vous jure, et si vous voulez je vais vous rapporter dans quels termes vous lui fîtes la promesse.

LEMBERTIN.

Il est inutile maintenant, tout est décidé; c'est Grimaudin qui sera mon gendre.

AMANT.

C'est ainsi que se nomme l'étranger? où le connûtes-vous, mon père? vous ne m'en avez jamais parlé.

LEMBERTIN.

A la pension, où nous étions ensemble; c'est un homme bien estimable, bien vertueux : il m'a sauvé la vie.

AMANT, *étonné*.

La vie! comment ça?

LEMBERTIN.

Un jour que nous étions à nous baigner tous les deux au grand bassin de Monsieur Thomas, que tu connais, je voulus essayer de nager; je le fis en effet, et m'en acquittai assez bien; étant fier de mon savoir-faire, me croyant bon nageur, je voulus aller d'un bout à l'autre de l'étang; étant à peu près à la moitié, je voulus regarder derrière moi pour voir si j'étais loin du lieu de mon départ; quelle fut ma surprise en voyant arriver un de mes professeurs, un fouet à la main! Moi, saisi d'épouvante, et ne songeant plus où j'étais, ne pensant qu'à regagner le bord, afin d'échapper à mon maître, je m'acheminais, le plus vite que possible, du côté de la terre le plus rapproché; étant arrivé, je m'attrappai à un jeune arbre qui cassa lorsqu'il supporta le poids de mon corps; étant retombé au fond de l'eau, je m'accrochai, je ne sais comment, à des racines de saules; ce pauvre Grimaudin, croyant que je savais plonger, ne me porta pas secours aussitôt: ce ne fut qu'au bout de quelques minutes, qu'il s'élança dans l'étang tout habillé, et me ramena sur l'eau par les cheveux, plus mort que vif, comme tu dois bien croire. Ils ne sont pas en grand nombre les amis comme cela, maintenant! Tu vois, mon fils, que sans lui je ne serais point échappé à la mort; pour sa récompense, je lui promis que si jamais j'avais une fille, il l'aurait pour épouse: il la mérite, n'est-il pas vrai?

AMANT, *étonné.*

Je ne sais, mon père.

LEMBERTIN.

Ce n'est plus ton même langage: toi qui parlais toujours de justice, est-ce juste ceci?

AMANT.

Et oui, si vous n'aviez pas avant promis à Aminthe.

LEMBERTIN.

Tu es dans l'erreur, Aminthe n'étais pas né ni toi non plus: cette promesse fut faite lors de mon mariage.

AMANT.

Pourquoi ne le lui avez-vous pas dit? vous l'avez abusé, c'est abominable! Pauvre Aminthe!

LEMBERTIN.

Je n'y pensais plus.

AMANT.

Vous aviez oublié! Comment, vous?

LEMBERTIN.

Depuis si long-temps, il est permis...

AMANT.

Vous allez le faire mourir!

LEMBERTIN.

Tu vois comme moi que c'est une dette.

AMANT.

Elle est d'ancienne date : celle d'Aminthe l'est moins.

LEMBERTIN.

Il est vrai; mais, que veux-tu?

AMANT.

Que viens-je d'entendre? Vous lui devez, n'est-ce pas? vous lui avez promis?

LEMBERTIN.

Je me suis trompé.

AMANT, *doucement.*

Cela vous est échappé, mon père : écoutez, puisque vous reconnaissez devoir à Aminthe, acquittez-vous envers lui! C'est moi qui vous prie : répondez?

LEMBERTIN.

Je ne le peux.

AMANT.

Qui s'y oppose? Oh! mon père, pour l'amour de votre fils, *(lui prenant la main et tombant à genoux)* pour votre bonheur, votre repos; enfin, pour votre honneur, le mien et celui de toute votre famille....

LEMBERTIN.

Il est inutile, Monsieur : vous ne me ferez rien changer à mes intentions.

AMANT, *se relevant, fortement.*

Vous voulez donc ma perte, homme dénaturé; vous la voulez? vous serez satisfait tout à l'heure.

LEMBERTIN.

La perte de qui?

AMANT.

La mienne : dans peu je n'existerai plus; je viens d'être condamné, innocemment, comme conspirateur : c'est égal, il faut subir ma peine.

LEMBERTIN.

Qu'as-tu fait, malheureux ?

AMANT.

Rien que mon devoir : il n'est que vous seul qui me causerez la mort.

LEMBERTIN, *le pressant.*

Explique-toi ? que dis-tu ?

AMANT.

Je n'en ai pas besoin; Aminthe, le malheureux Aminthe, vous en rendra compte : il est mon juge.

LEMBERTIN, *lui pressant la main.*

Je te supplie ?

AMANT, *fortement.*

Vous voulez le savoir ? Je vais vous instruire de tout : Aminthe est venu me trouver ici, où j'étais seul; il m'a rapporté ce que vous venez de me dire, que vous ne vouliez pas son mariage avec Tilcy : j'ai refusé de le croire, comptant trop sur vos sermens, je lui ai même dit qu'il rêvait. Ce malheureux, voyant que je ne voulais ajouter foi à rien de ce qu'il me disait, m'a appelé conspirateur : il m'a dit que je voulais sa mort ; il ne m'en a pas fallu davantage, pour que je m'applique moi-même la loi militaire, qui condamne tout conspirateur à mort.

LEMBERTIN.

Et c'est moi qui en suis la cause ? Pourquoi ne t'en es-tu pas rapporté à lui ?

AMANT.

Arrêtez, mon père ! Moi, qui ai été témoin des sermens que vous lui fîtes, vous vouliez que j'allasse ajouter foi à ce qu'il me disait, sans vous avoir vu ? Vous ne pensez pas ce que vous dites: un fils aller se rapporter à ce que lui dit un étranger sur la mauvaise foi de son père. *(Avec indignation.)* Ha!.... il fallait donc vous condamner, vous donner tort devant lui! Répondez, je vous prie?

LEMBERTIN.

Qu'y avait-il d'incroyable?

AMANT, *fortement.*

C'est trop fort, je ne peux y tenir plus long-temps: adieu! mon père, adieu!

LEMBERTIN, *le retenant.*

Ou va-tu?

AMANT.

A la mort!

LEMBERTIN.

Diffère un moment, mon fils, je te prie!

AMANT, *voulant sortir.*

C'est impossible: je brûle d'impatience de subir ma peine.

LEMBERTIN.

Ton père te supplie d'attendre seulement demi-heure.

AMANT.

Je te l'accorde : n'y manque pas.

LEMBERTIN.

Tu m'attendras ici: je vais consulter ma fille.

AMANT.

J'y vais aussi : nous la consulterons ensemble.

LEMBERTIN.

Sortons! *(Ils sortent.)*

SCÈNE III.

GRIMAUDIN, *seul.*

Me voilà enfin arrivé marié avec une femme et de l'argent: je ne saurais dire trop souvent combien je suis heureux de m'être venu colloquer ici, dans cette maison. *(Refléchis-*

sant.) Je pense encore à ce coquin de notaire, qui ne voulait pas passer le contrat sans argent; si je n'avais pas vendu le cabriolet, j'aurais été obligé de venir ici pour en chercher, c'est-à-dire en demander à mon beau-père, car je n'ai pas le sol : aussi les voleurs peuvent me laisser passer sans se repentir de ne m'avoir pas arrêté. *(Quelqu'un frappant à la porte.)* Qui est là? *(Il court ouvrir.)*

SCÈNE IV.

GRIMAUDIN, GROS-PIERRE.

GRIMAUDIN, *voyant Gros-Pierre.*

Ha! te voilà polisson! Où est ton maître, mon beau-père?

GROS-PIERRE.

Faites attention à ce que vous direz, Monsieur le gendre.

GRIMAUDIN.

A la porte, ou réponds-moi?

GROS-PIERRE, *le regardant de travers.*

Ne faites pas tant vos airs, je vous prie, si vous ne voulez pas être frotté: je suis fondé de procuration pour cela.

GRIMAUDIN, *en colère.*

Un bâton! *(Cherchant.)* Vite un bâton!

GROS-PIERRE.

C'est inutile, ne vous donnez pas tant de mouvement: dites-moi où avez-vous laissé le cabriolet que vous avez pris à l'écurie?

GRIMAUDIN.

Que t'importe cela? tu ne le sauras pas.

GROS-PIERRE, *un fouet derrière le dos.*

Je veux le savoir, ou vous allez voir une chanson : répondez vite?

GRIMAUDIN.

J'ai des comptes à te rendre? Quelle maison! je crois que les domestiques y sont les maîtres? Encore une fois, non!

GROS-PIERRE.

Non? c'est non, bien décidé? *(le fouet à la main.)* Vous voyez ce fouet : dites donc, l'ami, il va vous faire parler.

GRIMAUDIN.

Ce serait bien alors que je te mettrais à la porte, mauvais sujet! Battre son maître : essaye, si tu as du cœur?

GROS-PIERRE.

Eh bien! j'ai du cœur! *(Lui donnant un coup.)* Voilà! prêt à recommencer.

GRIMAUDIN, *s'écriant.*

Hola! on me tue! je suis mort!

GROS-PIERRE.

Tu veux crier, voleur! *(Le prenant au collet.)* Si tu dis un mot, je recommence comme de plus belle.

GRIMAUDIN.

Eh bien! je me tais : lâche-moi.

GROS-PIERRE.

Il faut que tu me dises avant où tu as laissé le cabriolet.

GRIMAUDIN.

Il est....

GROS-PIERRE.

Où ça?

GRIMAUDIN.

Chez....

GROS-PIERRE.

Chez qui? parle vite.

GRIMAUDIN.

Je ne peux.... Tu me serres trop le col.

GROS-PIERRE.

Tiens, tu es moins serré : parle?

GRIMAUDIN.

Il est chez.... d'où je viens : qu'en veux-tu faire?

GROS-PIERRE.

Que fait-il là?

GRIMAUDIN.

Rien : il est chez son maître.

GROS-PIERRE, *étonné.*

Tu l'as donné?

GRIMAUDIN.

Vendu!

GROS-PIERRE.

Ah! voleur! c'est bon à savoir : tu l'as vendu? Que va dire M. Amant? son cabriolet tout neuf.

GRIMAUDIN.

Il dira ce qu'il voudra.

GROS-PIERRE, *le menaçant.*

Cela ne te fait rien, n'est-ce pas? Si je croyais mon courage.

GRIMAUDIN.

Je vais crier au secours, si tu me touches.

GROS-PIERRE.

Si tu avais le malheur! *(A part.)* Je vais être chassé! Mon Dieu! mon Dieu! *(Haut.)* Va chercher le cabriolet, ou je te tue!

GRIMAUDIN.

Il veut me tuer! au voleur! on me tue! on m'assassine!

GROS-PIERRE.

Tu veux crier! *(Le pressant contre le mur.)* Crie donc avec raison, mâtin, et non pas quand on ne te fait rien.

GRIMAUDIN.

Ha! mon ami, lâche-moi une fois, une seule petite fois.

GROS-PIERRE.

Je ne te lâcherai pas, à moins que n'aies emmené ici le cabriolet!

GRIMAUDIN.

Ah! mon Dieu! personne ne viendra me délivrer des mains de ce bourreau!

GROS-PIERRE.

Bourreau, n'est-ce pas? *(L'étendant à terre.)* Que viens-tu de dire? *(Lui mettant le pied sur le ventre.)* Dis un mot?

GRIMAUDIN.

Hola! il m'étouffe! au secours! Ma femme! ma petite

femme! ma bonne petite femme! tu laisses maltraiter ton mári par un mauvais domestique.

GROS-PIERRE.

Tu m'insultes, je crois?

GRIMAUDIN.

Non! non! tu n'as pas entendu.

GROS-PIERRE.

Qu'as-tu dit? Repète, ou je t'assomme!

GRIMAUDIN, *doucement.*

Assommer! mais, mon ami, écoute donc : tu es fou, je crois? Toi, qui me parlais toujours honnêtement, il n'y a qu'aujourd'hui que tu fais le grossier.

GROS-PIERRE.

Pourquoi, maraud, as-tu laissé échapper les serins de M.lle Tilcy, elle qui les aimait tant? Pourquoi as-tu vendu le cabriolet? Tu seras cause que nous allons être chassés d'ici, la servante et moi.

GRIMAUDIN.

Je suis maître ici : je suis le gendre de Lembertin.

GROS-PIERRE.

Tu es maître? C'est pourquoi M.lle Lembertin m'a recommandé de te battre, et de te faire payer ses serins.

GRIMAUDIN.

Elle serait bien en peine de me les faire payer.

GROS-PIERRE.

Je le sais : tu n'as pas le sol, grêlé que tu es, et tu viens ici pour épouser une demoiselle riche : elle n'est pas pour toi.

GRIMAUDIN.

Qu'est-ce tu oses dire?

GROS-PIERRE.

Je dis la vérité : M.lle Tilcy ne t'aime pas; c'est elle qui m'a recommandé de te frotter les oreilles : voilà toute l'amitié qu'elle a pour toi.

GRIMAUDIN, *se relevant un peu.*

Il se pourrait? Ha! ma femme, tu n'as pas de cœur!

Commander de battre son mari : c'est une abomination ! Ce n'est pas vrai, tu es un menteur : elle n'a pas dit ça.

GROS-PIERRE, *le couchant de nouveau.*

Menteur ! sans ses ordres, je ne me serais pas permis de te toucher, mauvais gredin !

GRIMAUDIN, *se relevant.*

Bien sûr, elle l'a dit ?

GROS-PIERRE.

Tu dois en juger par les coups que je te donne. Qui sait ? c'est peut-être par amitié qu'elle me l'a commandé ?

GRIMAUDIN.

Je m'en vengerai.

GROS-PIERRE.

Tu veux te venger ? Que prétends-tu faire ? Tu n'es pas encore sorti d'entre mes pattes : pour te le prouver.... *(Il lui serre les mains.)*

GRIMAUDIN.

C'est trop fort : j'ai assez souffert. *(Se relevant vivement.)* Je suis fatigué. *(Prenant Gros-Pierre par les jambes, et le faisant tomber.)* A ton tour.

GROS-PIERRE, *étonné.*

Doucement, mon ami... Je crois qu'il m'a jeté à terre ?

GRIMAUDIN.

Un peu ! *(Quelqu'un frappe à la porte.)*

GROS-PIERRE, *se relevant vivement, tandis que Grimaudin est à ouvrir la porte.*

Voilà mon maître : sauvons-nous. *(Il se cache sous une table.)*

SCÈNE V.

GRIMAUDIN, GROS-PIERRE, LEMBERTIN, TILCY.

GRIMAUDIN, *s'asseyant.*

A mon secours ! mon ami, mon cher Lembertin ! Tu viens bien à propos.

LEMBERTIN, *étonné.*

Qu'est-ce que c'est? qu'est-ce que c'est? Tu es malade, mon ami?

GRIMAUDIN.

Oui : je suis écrasé des coups que m'a donnés ton maudit domestique que voilà. *(Regardant s'il voit Gros-Pierre.)* Où a-t-il passé? il était là tout à l'heure.

LEMBERTIN.

Lequel?

GRIMAUDIN.

Ton garçon d'écurie, celui qui m'a servi à déjeûner, Gros-Pierre; il m'a donné autant de coups de pied et de coups de poing que je suis gros : je suis tout meurtri. Veux-tu voir? *(Défaisant son gilet.)*

LEMBERTIN.

C'est inutile : je m'en rapporte à toi.

TILCY.

Il a très-bien fait, Monsieur.

LEMBERTIN, *étonné.*

Qu'est-ce, qu'est-ce, qu'est-ce que cela veut dire, Mademoiselle, il a bien fait? Vous encouragez le mal, vous qui étiez si pieuse? Il paraît que vous avez changé à votre désavantage.

TILCY.

Oui, mon père : si vous saviez ce qu'il m'a fait?

LEMBERTIN.

Taisez-vous, Mademoiselle ! Il ne peut vous avoir fait de mal.

TILCY.

Il a ouvert la cage de mes serins : ils se sont envolés.

LEMBERTIN.

Il aurait tout ouvert, qu'il aurait bien fait.

TILCY.

Puisque vous le voulez.....

LEMBERTIN, *à Grimaudin,*

Sois persuadé que je le punirai, et cela, la première fois que je vais le voir.

GROS-PIERRE, *sous la table, à part.*

Que me fera-t-il? C'est son fils qui m'a commandé: je lui ai obéi.

GRIMAUDIN.

Il le mérite bien, je te proteste. Où est ma femme? Tu sais que je suis marié?

LEMBERTIN, *étonné.*

Comment, tu es marié? Moi qui m'attendais à te donner ma fille en mariage.

TILCY, *à part, seule.*

Il a fait passer le contrat, je ne crains plus rien. *(A Lembertin.)* C'est luique vous vouliez que j'épouse? *(Montrant Grimaudin du doigt.)* Ha! mon père, vous n'y pensez pas.

GRIMAUDIN, *à Lembertin.*

Est-ce que je ne suis pas ton gendre? Le contrat est passé; elle y a consenti de bon gré, sans aucune difficulté; moi qui m'attendais à trouver beaucoup de résistance, cela m'a bien étonné.

LEMBERTIN, *joyeux, à Tilcy.*

Il se pourrait! Tu ne m'en avais pas parlé Tilcy! Parlez-moi de ça, c'est une fille obéissante: viens que je t'embrasse ma petite, que je te presse coutre mon cœur. *(Ouvran ses bras.)*

TILCY, *s'approchant.*

C'est moi que vous voulez embrasser?

LEMBERTIN.

Parbleu! à qui donc? n'es-tu pas ma bien aimée.

TILCY, *embrassant son père.*

Oui, je la suis! mais je ne sais pas ce que tu veux dire par obéissante: je n'ai rien fait.

GRIMAUDIN.

Elle a raison : c'est donc une de tes filles, celle-là? *(Montrant Tilcy.)*

LEMBERTIN.

Oui, ma seule et unique.

GRIMAUDIN.

Que dis-tu? Unique avec une autre.

LEMBERTIN.

Tu n'a pas besoin de me l'apprendre, je sais que j'ai deux enfans.

GRIMAUDIN.

Hé bien! c'est avec l'autre que j'ai contracté.

LEMBERTIN, *riant.*

Ha! ha! ha! bon, bon, il épouse mon fils.

GRIMAUDIN.

Ton fils! tu te joues de moi, je crois? Je te dis que c'est ton autre fille.

LEMBERTIN.

Je n'en ai qu'une : comment veux-tu que ce soit l'autre?

GRIMAUDIN, *riant.*

Le bon roué! il n'a qu'une fille : je te dis que tu en a deux.

LEMBERTIN.

Voilà-t-il pas un homme qui veut m'apprendre le nombre de mes enfans.

GRIMAUDIN.

Il paraît que tu ne les connaîs pas tous; je te dis que tu en a deux.

LEMBERTIN.

Je viens de te le dire; mais un garçon et une fille.

GRIMAUDIN.

Encore une fois, tu as deux filles : d'ailleurs, si tu ne veux pas t'en rapporter à moi, demande à Mademoiselle qui était avec sa sœur, et qui est sortie pour faciliter notre entrevue.

TILCY.

(A part.) Tout va être découvert! *(Haut)* Il est vrai,

papa : je suis bien peinée de te démentir, Monsieur a raison.

LEMBERTIN, *en colère.*

Enfin, avez-vous bientôt fini tous les deux? Dois-je vous servir de jouet? Je veux savoir ce que cela signifie, entendez-vous, Mademoiselle?

GROS-PIERRE, *à part.*

Elle va peut-être tout lui dire? Ha! si j'étais à sa place.

TILCY.

Ne vous fâchez pas. (*Le tirant par le bras.*) Je vais tout vous dire : nous nous sommes bien moqués de lui, je vous réponds : c'est une vieille bête.

LEMBERTIN, *fortement.*

Comment, Mademoiselle, il se pourrait? C'est une infâmie de se jouer d'un brave homme, d'un ami de votre père, d'un.....

TILCY, *bas.*

Chut! ne parlez-pas si haut, je vous prie, ou je ne vous dis plus rien.

LEMBERTIN, *en colère.*

Vous me menacez? Hé bien! pour votre punition, je veux que vous confessiez hautement tout ce que vous avez fait.

TILCY, *à part, à son père.*

Tout ce que vous voudrez, pourvu que ce vilain homme ne soit pas présent : il me fait peur.

LEMBERTIN, *haut.*

Vous vous permettez encore de l'insulter devant moi? c'est abominable de votre part; je vais me fâcher tout de bon. Allons, commencez votre récit.

TILCY.

Lorsqu'il sera sorti.

LEMBERTIN.

Non, je veux qu'il entende tout.

TILCY, *triste.*

Mon père épargnez-moi.

LEMBERTIN.

Non! non! obéissez.

TILCY.

Je ne veux pas vous résister, mon père : je connais trop bien mes devoirs envers vous ; je n'ai rien à craindre, il est marié maintenant.

LEMBERTIN, *à Grimaudin.*

Ecoute donc toi : tu vas connaître le tour que l'on t'a fait.

TILCY.

Il le méritait : hier, j'engageai les dames Richard à assister au bal que donna M.me Léon ; elles me firent promettre d'y introduire Amant en costume de femme ; je le proposai à mon frère qui, comme vous le savez, n'a aucune volonté lorsqu'il s'agit de m'être agréable ; il accepta : je venais de finir de l'habiller lorsque Monsieur entra ; il demanda des rafraîchissemens ; Jenny me l'adressa ; en me voyant, il me fit ses excuses de ne m'avoir pas saluée plus tôt ; je le renvoyai à Amant ; enfin, pendant un moment, nous nous le renvoyâmes l'un à l'autre ; à la fin je lui dis que j'étais une amie de M.lle Lembertin : je lui présentai Amant comme votre fille. Après quelques complimens qu'il s'efforça de nous faire, il demanda à Amant un entretien secret, que ce dernier eut l'air de refuser ; enfin, à force de supplications, il consentit ; moi, pour les faciliter, je sortis, et les laissai seuls en tête-à-tête. Je pense que Monsieur étant pressé, du moins il en avait l'air, aura fait des propositions de mariage à votre nouvelle fille ; qui, pour s'amuser aura accepté : voilà tout le mystère mon père ; vous voyez qu'il n'y a rien de mal.

LEMBERTIN, *étonné.*

Il n'y a pas de mal, Mademoiselle? Qui vous a porté à tromper ainsi Monsieur, à lui dire que mon fils était une fille.

TILCY, *tranquillement.*

Pour nous amuser: nous sommes en carnaval; il ne peut s'en fâcher.

LEMBERTIN, *avec malignité, vivement.*

Très-bien, très-bien, mes enfans! Pour vous amuser, si cèla continue, j'espère qu'un jour je serai votre amusement.

TILCY.

Vous pourriez croire, mon père, qu'Amant et moi nous méconnaîtrions ce que nous vous devons? non! non! dépersuadez-vous. Si Monsieur ne connait pas un homme entre une femme, c'est malheureux pour lui: que voulez-vous y faire.

LEMBERTIN.

A quoi reconnaître un homme s'il est vêtu comme une femme?

JENNY.

Je le reconnaîtrais d'abord à la voix, ensuite à autre chose.

LEMBERTIN.

C'est impossible à la voix; car il y a des femmes qui ont la voix aussi forte que celle d'un homme.

JENNY.

A la barbe: j'espère que les femmes n'en ont pas.

LEMBERTIN.

Tu veux toujours avoir raison. *(A Grimaudin.)* Que dis-tu de tout cela, mon ami?

GRIMAUDIN, *se tenant la tête.*

Je dis... je dis... je ne sais pas ce que je dis. Je dis que je suis bien étonné *(à part)* qu'un trompeur soit trompé.

LEMBERTIN.

Nous réparerons la faute, je te jure: il faut les punir de leur insolence. *(Bas à Grimaudin.)* Tu épouseras celle-ci.

GRIMAUDIN,

C'est bien sûr que c'est une femme?

LEMBERTIN.

Oui : tu m'en diras des nouvelles quand tu seras marié avec elle?

GROS-PIERRE, *à part.*

Que va dire M. Aminthe?

GRIMAUDIN.

Comment faire? Et ce contrat que j'ai passé?

LEMBERTIN.

Le contrat! le contrat ne porte pas que tu dois épouser un homme pour une femme.

GRIMAUDIN.

Non, non, je n'ai pas fait stipuler cela. Le seul remède sera d'en faire passer un autre au nom de Mademoiselle.

LEMBERTIN.

Quel nom s'est donné mon fils?

GRIMAUDIN.

Lequel?

LEMBERTIN.

Celui que tu as épousé.

GRIMAUDIN.

Il m'a dit qu'il se nommait Tilcy : le contrat est passé en ce nom.

LEMBERTIN, *étonné.*

A-t-il signé?

GRIMAUDIN.

Non : on viendra ce soir le faire signer à tous.

LEMBERTIN.

C'est très-bien. *(Montrant Tilcy qui est à la croisée.)* Elle s'appelle Tilcy.

GRIMAUDIN.

Ha! elle s'appelle Tilcy : c'est différent; je ne savais pas...

TILCY,

Tu m'appelles, papa?

LEMBERTIN.

Oui : approche ici.

TILCY.

Que me veux-tu?

LEMBERTIN.

Tu as fait une sottise, en trompant Monsieur *(montrant Grimaudin)* : il faut que tu la répares.

TILCY.

Que faut-il faire?

GROS-PIERRE, *bas.*

Veut-il la faire épouser?

LEMBERTIN.

L'épouser.

TILCY, *jetant un cri.*

Ah! jamais! *(Tombant dans un fauteuil.)*

LEMBERTIN.

Qu'est-ce que cela signifie de crier ainsi?

GRIMAUDIN.

Que lui as-tu fait?

LEMBERTIN.

Rien : attends un moment. *(A Tilcy.)* Pourquoi ne veux-tu pas Monsieur pour époux?

TILCY, *baissant la tête.*

Ne me le demandez pas.

LEMBERTIN,

Répondez, Mademoiselle?

TILCY.

Je ne peux aimer deux personnes à la fois.

LEMBERTIN.

Qui aimez-vous donc?

TILCY.

Vous le savez, je vous l'ai dit assez souvent.

LEMBERTIN.

Il ne me convient pas pour gendre.

TILCY.

Il vous convenait, lorsque vous lui promîtes ma main. Pourquoi?....

LEMBERTIN.

Je n'ai pas de comptes à vous rendre : obéissez! Je veux que vous épousiez Monsieur, et cela de suite. *(Voulant lui prendre la main.)*

TILCY, *refusant sa main.*

J'aimerais mieux mourir que de l'épouser!

LEMBERTIN, *avec ironie.*

Mourir! mourir! c'est un mot. Il faut que tu l'épouses, ou je te fais renfermer dans un couvent! Choisis.

TILCY.

Eh bien! le couvent : que l'on m'y conduise de suite. (*Pleurant.*) Aminthe! pauvre Aminthe! que vas-tu dire?

LEMBERTIN, *la menaçant.*

N'appelez personne, Mademoiselle, ou craignez!

TILCY, *se relevant.*

Vous m'empêcherez de l'appeler, de le voir avant de partir?

LEMBERTIN.

Oui! je l'empêcherai.

TILCY.

Je veux le voir! je le verrai, ou je poignarderai le malheureux qui occasionne tous mes chagrins! (*S'écriant en pleurant.*) Aminthe! Aminthe! viens recevoir mes adieux!

LEMBERTIN, *à Grimaudin.*

Vois ce que c'est qu'une femme!

SCÈNE VI.

LEMBERTIN, GRIMAUDIN, TILCY, AMINTHE, GROS-PIERRE *sous la table.*

AMINTHE, *en costume militaire.*

(*Fortement.*) Qui m'appelle?

LEMBERTIN, *effrayé.*

Personne! personne! Retirez-vous.

AMINTHE.

Qui m'a appelé?

GRIMAUDIN, *à Lembertin.*

Quel est cet homme?

TILCY.

C'est moi, Tilcy !

AMINTHE, *voyant Tilcy et se précipitant dans ses bras.*

Ma chère amie ! que me veux-tu ?

TILCY.

Je te fais mes adieux !

AMINTHE, *la regardant.*

Qui t'occasionne ce chagrin, que veut-on te faire ?

TILCY.

Me renfermer dans un couvent.

AMINTHE, *fortement.*

Te renfermer, toi, Tilcy ? Tu n'iras pas seule : je t'y suivrai.

TILCY, *doucement.*

De grace, ne dis rien devant mon père.

AMINTHE.

Pourquoi ? au contraire, je veux le dire à lui-même. *(Doucement.)* Peux-je savoir pourquoi on veut te renfermer ?

TILCY.

Oui, mon ami. Mon père m'a dit : Si tu n'épouses pas Monsieur, je te fais renfermer ; et je préfère être renfermée que d'être à d'autre qu'à toi.

AMINTHE.

Quel était ce Monsieur ?

TILCY.

Regarde : il parle avec mon père.

AMINTHE, *regardant Grimaudin.*

Peut-on proposer à sa fille un pareil époux ?

TILCY.

Vois ! Ne vaut-il pas mieux que j'aille finir ma triste existence dans un couvent, que d'être l'épouse d'un homme semblable ?

AMINTHE, *se jetant aux genoux de Tilcy.*

Pauvre Tilcy ! tu es bien sûre que c'est là l'étranger que ton père te destinait ?

TILCY.

Oui, mon ami.

AMINTHE, *se relevant vivement.*

Approchez, Monsieur Lembertin !

LEMBERTIN.

Que me voulez-vous ?

GRIMAUDIN.

Comme il te parle ?

AMINTHE, *montrant Tilcy à Lembertin.*

Voyez ce dont vous êtes cause, malheureux père ? Voyez dans quel état vous mettez votre fille, votre fille unique ? Il faut que vous n'ayez pas de sang dans les veines, pour retenir chez vous un homme que Tilcy voit avec horreur, avec mépris, et qui est la cause de tous ses tourmens ! Vous voulez sa mort, je ne puis en douter, en voulant la renfermer dans un couvent !

LEMBERTIN.

Elle a eu le choix du mariage ou du couvent ; je le lui propose encore devant vous : Tilcy, épousez-vous Monsieur ?

TILCY, *les yeux fermés.*

Lequel ? ils sont deux.

LEMBERTIN, *montrant Grimaudin.*

Celui-là.

TILCY, *les yeux couverts.*

Je vous l'ai déjà dit, mon père : je n'aime pas Monsieur ; votre persévérance est inutile, jamais je ne serai sa compagne ; je veux Aminthe pour époux, et non d'autre.

AMINTHE, *tombant aux genoux de Lembertin.*

Vous voyez, M. Lembertin ! *(Lui baisant la main.)*

GRIMAUDIN, *à Lembertin.*

Tu souffres cela ?

GROS-PIERRE, *à part.*

Pauvre M. Aminthe ? Il est impassible, mon maître.

AMINTHE, *à Lembertin.*

Vous la laisserez partir, Monsieur ?

LEMBERTIN.

Je ne la laisserai pas partir seule : je la ferai conduire.

GRIMAUDIN, *frappant dans ses mains.*

Très-bien ! très-bien ! bravo ! bravo !

AMINTHE, *en colère, poussant Grimaudin en se relevant.*

Retire-toi, monstre ! *(A Lembertin.)* Elle ne partira pas, vous dis-je ?

LEMBERTIN, *se donnant du mouvement.*

Elle ne partira pas ? c'est trop fort ! Hola ! quelqu'un.

AMINTHE.

N'appelez personne : celui qui avancera se repentira de sa hardiesse !

GRIMAUDIN, *en colère, s'approchant.*

Tu crois peut-être me faire peur ? *(Lui montrant le poing.)*

AMINTHE, *tirant son sabre.*

Ha ! c'est toi qui oses avancer le premier ? c'est très-bien. *(Le prenant au collet et le poussant contre le mur)* Je t'en veux depuis ton arrivée dans cette maison : tu es cause de tous mes revers, de toutes mes disgraces. Non content de cela, tu veux occasionner la perte de Tilcy ! Ce ne sera pas, ou du moins je serais sans armes. *(Le lâchant.)*

GRIMAUDIN, *s'éloignant vivement.*

Je vais.... je vais chercher....

TILCY, *à Aminthe.*

Tout cela est inutile : je vais partir.

AMINTHE, *la serrant dans ses bras.*

Tu ne partiras pas sans moi ! Nous irons mourir ensemble, dans le même endroit, dans le même lieu !

GRIMAUDIN, *à Lembertin.*

Tu n'es donc pas maître de ta fille ?

AMINTHE.

Non ! elle est à moi, elle m'a été promise.

LEMBERTIN.

Ce n'est pas vrai !

GRIMAUDIN.

Si elle épouse quelqu'un, ce sera moi, et non vous.

AMINTHE.

Tu oses encore me dire que tu veux l'épouser! à moi! Je ne sais qui me retient de te faire épouser cette lame *(dégaînant son sabre et lui montrant la lame)*, en te la passant à travers le corps, être vil et méprisable que tu es! *(Il s'avance vers Grimaudin; Tilcy se lève et le retient.)*

GRIMAUDIN, *à Lembertin.*

Tu ne dis rien à cela, Lembertin? On veut me tuer.

AMINTHE.

Qu'il essaie de dire quelque chose? Jusqu'à ce jour je me suis modéré dans mes paroles et dans mes actions envers lui; mais aujourd'hui l'indignation est à son comble. Un père faire renfermer sa fille parce qu'elle ne veut pas épouser un homme qu'elle ne peut aimer! c'est une infâmie! Je ne la laisserai pas partir seule, je le répète encore : je la suivrai; je l'arracherai du lieu où elle sera!

TILCY.

Que dis-tu, malheureux? Je ne le veux pas; je veux partir seule, et mourir dans la prison où l'on va me renfermer!

AMINTHE.

Tu ne m'aimes donc plus, Tilcy? tu n'aimes donc plus ton Aminthe? Ha! comme tu as changé.

GRIMAUDIN.

Non, elle ne vous aime plus : c'est moi qu'elle aime!

AMINTHE, *le regardant de travers.*

Si tu ouvres la bouche une autre fois, je te fais passer par la croisée?

GRIMAUDIN, *courant près de Lembertin.*

Quelle menace!

AMINTHE.

Crains ma vengeance!

LEMBERTIN.

Ne réponds rien.

AMINTHE, *près de Tilcy, lui tenant les mains.*

Ma Tilcy, ma chère Tilcy ! m'aimes-tu toujours ?

TILCY.

Oui, mon ami, je t'aime ! Mes sermens ne sont-ils pas là ? Ecoute : j'ai une grace à te demander.

AMINTHE.

Parle vite : que veux-tu ?

TILCY.

Ce serait de me quitter, de me laisser partir seule.

AMINTHE.

Peux-tu me demander un chose semblable ? Ha ! Tilcy, te quitter, ne plus te revoir ! c'est impossible.

TILCY.

Si tu refuses, tu ne m'aimes pas.

AMINTHE.

S'il ne faut que cela pour te prouver que je t'aime, quoi que ça me coûte, je le ferai, pourvu que tu me promettes de te revoir avant ton entrée au couvent.

TILCY, *bas.*

Je te le jure ! Trouve-toi à l'entrée de la forêt, sur la grande route, et là nous parlerons ensemble.

AMINTHE, *lui baisant la main.*

Adieu ! adieu, ma Tilcy ! je compte sur ta parole.

GRIMAUDIN, *à Lembertin.*

Il vient de lui baiser la main : tu n'as pas vu ?

LEMBERTIN.

Laisse-les faire : je vais les séparer bientôt.

AMINTHE, *d'une voix sûre.*

Vous n'en aurez pas besoin, Monsieur : je vous quitte à l'instant. Je suis infiniment reconnaissant de toutes les bontés que vous m'avez prodiguées jusqu'à ce jour. Je peux vous avoir manqué, vous avoir insulté peut-être ; mais, Monsieur, veuillez croire que ce n'est que le moment de la vivacité, de la colère ; vous devez savoir ce qui en est, vous êtes homme : je n'ai pas besoin de vous en dire davantage. Adieu, Monsieur ! adieu !

LEMBERTIN, *bas à Grimaudin.*

Pauvre jeune homme !

GRIMAUDIN.

Tu le plains ? Pas moi.

AMINTHE, *en passant près de Tilcy, lui prend la main et la baise.*

Adieu ! adieu !

GROS-PIERRE, *sortant de dessous la table, arrête Aminthe.*

Vous partez donc, Monsieur Aminthe ?

AMINTHE, *les larmes aux yeux.*

Oui, mon ami, j'y suis forcé. Je te remercie de tous tes bons services : compte un jour sur ma reconnaissance. *(Il lui prend la main.)* Adieu !

GROS-PIERRE, *pleurant.*

Qui sait quand je le verrai ?

(Quelqu'un frappe à la porte avant qu'Aminthe sorte.)

LEMBERTIN.

Qui est là ?

UNE VOIX.

Ouvrez vite ! Une lettre très-pressée.

LEMBERTIN, *à Aminthe.*

Attendez un moment, que je sache de qui est cette lettre.

AMINTHE, *debout.*

Oui. *(Regardant Tilcy.)* Pauvre Tilcy !

SCÈNE VII.

LEMBERTIN, GRIMAUDIN, AMINTHE, TILCY, GROS-PIERRE, JENNY.

JENNY, *à Lembertin qui lui ouvre la porte.*

Monsieur, voilà une lettre que l'on vient de me remettre pour vous : on m'a dit qu'elle était pressée.

LEMBERTIN, *la décachetant.*

Qu'est-ce que c'est? *(Il lit.)*

TILCY, *à Aminthe.*

C'est peut-être de tes parens?

AMINTHE.

Très-possible.

GROS-PIERRE, *à Jenny.*

Tu sais que ce pauvre M. Aminthe s'en va?

JENNY, *étonnée.*

Quoi! il part?

GROS-PIERRE.

Demande lui? C'est le marchand de serins qui en est la cause.

JENNY, *à Aminthe.*

Est-ce vrai que vous partez?

AMINTHE.

Oui, ma chère; il n'y a plus d'espoir.

JENNY.

Et mon ingénieux moyen?

AMINTHE.

Il faut l'oublier.

JENNY.

Tout est préparé : ce soir il sera exécuté.

LEMBERTIN, *à Grimaudin.*

Lisez, Monsieur.

GRIMAUDIN, *étonné.*

Comme tu me parles?

LEMBERTIN.

Lisez haut, que tout le monde entende.

GRIMAUDIN, *à part, après avoir regardé la signature.*

Ciel! signé *Thomas!* Feignons de ne pas le connaître. *(Haut.)* Tu connais M. Thomas, Lembertin?

LEMBERTIN, *réfléchissant.*

Lisez : je vous dirai cela plus tard.

GRIMAUDIN, *lisant en tremblant.*

« Monsieur, je m'empresse de vous prévenir que vous avez

» chez vous un homme suspect. » *(A Lembertin.)* Tu connais cet homme? c'est un de tes domestiques, il n'y pas de doute?

LEMBERTIN.

Continuez....

GRIMAUDIN, *continuant.*

« Un vagabond, un aventurier, même un voleur, s'il faut
» vous le dire, qui, en sortant de chez moi, m'a emporté une
» redingote verte et un pantalon bleu. Je ne sais s'il s'est in-
» troduit chez vous de même qu'il l'a fait chez moi? Il
» frappa un soir à ma porte, et me demanda; un de mes
» domestiques l'introduisit dans mon appartement; en en-
» trant, il me sauta au col, se dit un de mes anciens amis,
» et me conta diverses aventures auxquelles je ne crus pas.
» Il fit si beau et si bien que je le couchai et le nourris pen-
» dant un mois : je l'eusse peut-être gardé davantage, si je
» n'eusse été averti par un de mes amis, qui m'écrivit ce que
» j'ai l'honneur de vous transmettre. Je vous engage donc,
» Monsieur, à le renvoyer le plus tôt possible, car vous
» pourriez éprouver quelques désagrémens, s'il ne vous en
» a pas déjà occasionné. Je pense que vous l'avez chez vous
» comme domestique. » *(A Lembertin.)* Je ne sais pas comment, vous autres propriétaires, vous prenez des domestiques sans connaître leurs familles, leur moralité? Moi, si j'étais à votre place, je ne prendrais que des hommes du pays, et non pas des étrangers.

LEMBERTIN.

Vous ne connaissez pas cet homme?

GRIMAUDIN.

Non, mon ami. Tu veux que je le connaisse? D'où vient ce changement si subit? Tu ne me parle plus comme à ton ordinaire.

LEMBERTIN.

Je ne suis plus votre ami.

AMINTHE, *à Tilcy.*

D'où vient ce changement? En effet, il y a quelque chose là dessous : si cela pouvait être à notre avantage?

LEMBERTIN, *à Jenny.*

Qui a apporté cette lettre?

JENNY.

Un domestique.

LEMBERTIN.

Est-il là?

JENNY.

Oui, Monsieur : il attend la réponse.

LEMBERTIN.

Fais-le entrer.

JENNY.

Oui, Monsieur.

LEMBERTIN *triste, à part.*

Comment faire? Mes enfans, que vont-ils dire?

GRIMAUDIN *triste, à part.*

Je vais être reconnu.

JENNY, *ouvrant la porte, et appelant.*

Hé! dis donc, l'ami, écoute ici?

LEMBERTIN.

Il est dans le jardin?

JENNY.

Non, dans le corridor. *(Elle fait signe au domestique avec la main.)*

GROS-PIERRE, *à part.*

Il me tarde de connaître tout ça.

JENNY, *à Lembertin.*

Le voilà qui vient.

SCÈNE VIII.

LEMBERTIN, GRIMAUDIN, AMINTHE, TILCY, GROS-PIERRE, JENNY, LE DOMESTIQUE.

LEMBERTIN, *triste, au domestique.*

Adieu! mon ami : connais-tu ce Monsieur? *(Lui montrant Grimaudin.)*

LE DOMESTIQUE, *le chapeau à la main.*

Non, Monsieur.

LEMBERTIN, *à Grimaudin.*

Tournez-vous, Monsieur! *(Grimaudin se tourne.)*

LE DOMESTIQUE.

Si fait, Monsieur, si fait je le connais : c'est un voleur.

LEMBERTIN.

Comment! un voleur?

LE DOMESTIQUE.

Oui, Monsieur, un voleur : avec votre permission, je vais le battre. *(S'approchant.)*

GRIMAUDIN, *ayant l'air de s'emporter.*

Qu'est-ce que cela veut dire? Quel est ce manant qui ose m'insulter?

LE DOMESTIQUE, *le menaçant.*

Tu ne me connais pas, voleur? Tu es la cause que j'ai été bien grondé; tu me le paieras! Ne dis rien! *(Lui montrant le poing.)*

LEMBERTIN, *arrêtant le domestique.*

Attends un moment! Explique-toi?

LE DOMESTIQUE.

Vous voyez cette redingote et ce pantalon? Hé bien! il les a volés à mon maître qui, croyant que c'était moi, m'a menacé de me faire mettre en prison. C'était bien malheureux pour moi d'être accusé innocemment. *(Faisant un mouvement.)* Je veux le tuer! rien ne m'en empêchera. Je veux le tuer!

GRIMAUDIN, *baissant la tête.*

Hé! doucement. *(A part.)* Que n'a-t-il attendu que je fusse marié?

LEMBERTIN, *arrêtant le domestique qui menace Grimaudin.*

Pas ici! Dehors, si tu veux.

GROS-PIERRE.

Nous le tuerons ensemble.

JENNY.

Je veux aussi en être.

GRIMAUDIN.

Que de gens de bonne volonté!

TILCY, *à Aminthe.*

Que résultera-t-il de tout ceci?

LEMBERTIN, *à Grimaudin.*

Malheureux! que pensiez-vous lorsque vous vous êtes présenté à moi comme étant un mes anciens amis? Pourquoi m'avez-vous persuadé? Vous ne craignez donc pas la vengeance du Ciel?

GRIMAUDIN, *regardant en dessous.*

Je ne force personne à être bête. Si vous l'avez été, tant pis pour vous.

LEMBERTIN, *en colère.*

Voilà ma récompense! Ah! suis-je malheureux! *(Tombant dans un fauteuil.)* Que cet homme sorte d'ici de suite! Qu'on le chasse de chez moi!

GRIMAUDIN.

Je sortirai tout seul; mais, avant, je veux vous dire que vous méritez d'aller pendant une vingtaine d'années à Rochefort, pour essayer! Un gredin comme vous, un jésuite dans la force du terme, qui promet sa fille à un jeune homme et qui veut la donner à un autre! Si je ne suis pas votre gendre, ce n'est pas votre faute. La corde à tous ces gredins-là!

GROS-PIERRE, *le poussant.*

Allons, marchez, marchand de cabriolet!

GRIMAUDIN, *en sortant.*

La corde ! la corde à ce jésuite, ainsi qu'à tous ses confrères ! *(Ils sortent.)*

SCÈNE IX.

LEMBERTIN, AMINTHE, TILCY, JENNY, *tous assis, réfléchissant.*

LEMBERTIN, *réfléchissant.*

Comment parler à ce pauvre Aminthe ? Je n'en aurai jamais le courage, après l'avoir rebuté, comme chassé de chez moi ! Et mon fils, ma fille, que vont-ils dire ?

JENNY, *à Aminthe qui réfléchit.*

Vous voyez, mon moyen a été inutile ; quand je vous disais de ne pas perdre espoir.

AMINTHE.

Ce n'est pas encore terminé.

TILCY.

Mon père a peut-être d'autres idées, qui sait?

JENNY.

Laissez-moi faire : je vais lui parler.

TILCY, *retenant Jenny.*

Je t'en prie, laisse-le venir nous parler le premier.

JENNY.

Je ne peux pas. *(A Lembertin.)* Hé bien ! Monsieur, vous vous mordez les doigs maintenant ; le mal est fait, la maladie est tout à fait déclarée. Il y a encore un remède, malgré cela : je vous conseille de l'appliquer aux malades.

LEMBERTIN, *triste.*

Ne m'en parle pas, ma pauvre Jenny : vois dans quelles erreurs nous sommes susceptibles de nous mettre.

JENNY.

Par votre faute : si vous aviez exécuté votre promesse.....

LEMBERTIN.

Il est vrai ; je vais la remplir : où sont mes enfans ?

JENNY.

Les voilà, derrière vous.

LEMBERTIN, *se levant.*

Approchez, mes enfans.

TILCY, *s'approchant.*

Mon père, que nous voulez-vous ?

LEMBERTIN, *les prenant chacun par la main.*

Ce que je vous veux? Vous me le demandez? Je veux vous demander pardon de mon égarement, de mon erreur.

AMINTHE.

Au nom du ciel ! épargnez-nous de semblables discours.

LEMBERTIN.

Si je me suis attaché à cet homme, mon cher Aminthe, c'est que je croyais voir en lui un de mes amis à qui je dois la vie.

JENNY, *vivement.*

Nous le savons : ce dont je vous prie, c'est d'unir ces deux malheureux qui sont près de vous.

LEMBERTIN.

Tout à l'heure : ils n'ont rien à craindre ; il n'y aurait que la mort qui pût empêcher cette union. *(A Aminthe.)* Savez-vous où est Amant ? Ce pauvre enfant ! il va être hors de lui lorsqu'il saura....

AMINTHE.

Non, Monsieur. Veuillez me dire quelle était son opinion relativement à mon mariage ?

LEMBERTIN.

Il vous voulait pour époux de Tilcy : il a tout fait pour cela.

AMINTHE.

Et moi qui l'ai accusé d'être contre moi !

LEMBERTIN.

C'est ce qu'il m'a dit ; vous avez eu tort : il a toujours voulu votre mariage ; il vous aime, il vous chér.....

SCENE X.

LEMBERTIN, AMINTHE, TILCY, JENNY, AMANT.

AMANT, *entrant brusquement, ne sachant auquel courir.*

Ha ! mon père, mon ami, ma sœur, que vient-on de m'apprendre? *(Après un instant d'embarras, il court dans les bras de son père.)* Tu es donc revenu de ton erreur?

LEMBERTIN.

Mon cher fils !

AMANT, *serrant sa sœur dans ses bras.*

Tu seras donc heureuse ! *(Courant à Aminthe qui tombe dans un fauteuil lorsqu'il voit entrer Amant.)* Mon ami, mon cher Aminthe, suis-je coupable?

AMINTHE, *revenant un peu.*

Non, tu ne l'es pas !

AMANT, *le pressant.*

Reviens à toi ! Embrasse-moi, mon cher Aminthe ! *(A Lembertin.)* Sont-ils unis, mon père? Sont-ils heureux ?

LEMBERTIN, *assis, réfléchissant.*

Non, pas encore.

AMANT, *à Aminthe.*

Lève-toi, mon ami. *(Lui prenant la main.)* Approche. *(A Tilcy.)* Donne-moi ta main. *(Réunissant leurs mains.)* Je vous unis, au nom de mon père ! Soyez heureux ! vous le méritez après tant de peines. Embrassez-vous !

AMINTHE, *serrant Tilcy dans ses bras.*

Ma chère Tilcy !

JENNY, *à Aminthe et à Tilcy.*

Vienne qui voudra, il n'y a plus moyen.

AMANT, *à Lembertin.*

Si les amans malheureux sont heureux en mariage, ils devront l'être : je le désire de tout mon cœur. Vous êtes satisfait, n'est-ce pas, mon père ? Oublions le passé, ne songeons qu'à l'avenir. *(A Aminthe et à Tilcy.)* Faites-en autant, mes amis !

LEMBERTIN, *à Aminthe et à Tilcy.*

Venez m'embrasser !

AMINTHE et TILCY, *lui sautant au col à la fois.*

Mon père !

AMANT, *à Lembertin.*

Mon père, cette circonstance doit vous servir de leçon : elle est bien grande pour moi ! Voyez ce que c'est que les hommes ? Voyez ce que nous sommes tous ? Nous n'avons que la fourberie et la fausseté en partage ! Pardonnez-moi la liberté que je prends de vous faire apercevoir de cela : je connais votre justesse, et pense que vous ne vous en fâcherez pas. D'ailleurs, vous savez que les observations et les conseils sont aussi bons d'un fils à son père, que d'un père à son fils, quand ils sont justes.

LEMBERTIN.

Je te reconnais bien là, mon cher Amant ! Viens ici. *(Lui prenant la main.)*

AMANT, *à Aminthe qui tient la main de Tilcy.*

Et toi, mon cher ami, rappelle-toi de ne jamais juger sur de simples apparences ! Approfondis tes soupçons, quand tu en auras sur quelqu'un, avant de le condamner : ce sont les conseils de ton beau-frère. Il serait à désirer que tous les sujets du Roi eussent eu ce principe : nous n'aurions pas tant d'hommes illustres à regretter aujourd'hui !

FIN.

www.ingramcontent.com/pod-product-compliance
Lightning Source LLC
Chambersburg PA
CBHW060840250626
47162CB00005B/2126
* 9 7 8 2 0 1 3 7 2 7 5 7 0 *